LA POUPÉE QUI FAIT OUI

AGNÈS DE CLAIRVILLE

LA POUPÉE QUI FAIT OUI

ROMAN

Harper Collins
TRAVERSÉE

Le titre du livre est un hommage au morceau « La poupée qui fait non », paroles de Frank Gérald et musique de Michel Polnareff.

Avec l'aimable autorisation de la Société d'Éditions Musicales Internationales (S.E.M.I.), Paris, France et BMG Rights Management, France, S.A.R.L., le 12 avril 2022.

HARPERCOLLINS FRANCE
83-85, boulevard Vincent-Auriol, 75646 PARIS CEDEX 13
Tél. : 01 42 16 63 63

www.harpercollins.fr
ISBN 979-1-0339-1238-5 — ISSN 2724-9972

À mes filles,
à tous les garçons et les filles de leur âge

« Ni soumission ni consentement, seulement l'effarement du réel qui fait tout juste se dire "qu'est-ce qui m'arrive" ou "c'est à moi que ça arrive" sauf qu'il n'y a plus de moi en cette circonstance, ou ce n'est plus le même déjà. »

ANNIE ERNAUX, *Mémoire de fille*

« Show me the way
To the next little girl
Oh ! don't ask why »

ELISABETH HAUPTMANN, BERTOLT BRECHT,
Alabama Song

Avertissement

Si certaines situations, institutions, personnes décrites dans ces pages, toutes fictives, semblent réelles, c'est sans doute que les ressemblances avec la réalité sont inévitables.

I

Girls Just Want to Have Fun

Arielle

J'ai.

J'ai.

J'ai-quelque-chose-de-pointu-qui-me-rentre-dans-le-cul-qui-m'empêche-de-marcher.

J'ai.

J'ai.

— PLUS FORT ! gueule un deuxième année immense et roux, une bière à la main, tout près de mon oreille.

Alors je crie moi aussi.

J'AI-QUELQUE-CHOSE-DE-POINTU-QUI-ME-RENTRE-DANS-LE-CUL-QUI-M'EMPÊCHE-DE-MARCHER.

J'AI.

J'AI.

Je n'essaie pas d'éviter les paquets de farine et d'huile qui me tombent dessus. J'avance d'un pas saccadé. Le garçon qui me précède me tire vers lui, sa main droite rencontre ma main gauche au niveau de son entrejambe.

J'AI-QUELQUE-CHOSE-DE-POINTU-QUI-ME-RENTRE-DANS-LE-CUL-QUI-M'EMPÊCHE-DE-MARCHER.

— TU CHANTES, BORDEL ?! hurle un petit nerveux en direction du mec derrière moi.

Il me fout les jetons.

J'AI.

J'AI.

On traverse la dalle de cette ville nouvelle de béton vert et noir, poussée comme une mauvaise herbe dans les années 1970 au milieu d'une campagne déjà désaffectée.

J'AI-QUELQUE-CHOSE-DE-POINTU-QUI-ME-RENTRE-DANS-LE-CUL-QUI-M'EMPÊCHE-DE-MARCHER.

Autour de nous, les habitants rient. Ici, la rentrée 1985 est une attraction, sinon il ne se passe pas grand-chose d'autre. La petite ville n'a pas su grossir dans l'ombre de la grande, à vingt-cinq kilomètres de là.

J'AI.

J'AI.

J'ai mal au dos, je me tords le cou pour comprendre où on nous emmène. Je garde un sourire bon enfant pour montrer que je m'amuse.

J'AI-QUELQUE-CHOSE-DE-POINTU-QUI-ME-RENTRE-DANS-LE-CUL-QUI-M'EMPÊCHE-DE-MARCHER.

Des œufs pleuvent sur nous. J'aperçois la résidence après un virage, l'espoir revient. Le long serpentin en fait le tour. Quatre-vingts veaux de première année se tiennent par-dessous le cul, beuglant d'une seule voix, harcelés par des nuées de deuxième année surexcités.

Le roux gueule en rythme dans un mégaphone intermittent.

J'AI.

J'AI.

J'AI-QUELQUE-CHOSE-DE-POINTU-QUI-ME-RENTRE-DANS-LE-CUL-QUI-M'EMPÊCHE-DE-MARCHER.

On débouche sur la dalle qui sépare les trois bâtiments. Un par promo, le bâtiment C pour les bleus. Mission : venir dans quinze minutes avec un matelas, un duvet et le costume exigé par le Bureau des élèves. Ma couverture bleue remplace le duvet que j'ai oublié.

À l'étage des filles de première année, isolé des autres par une porte codée, aucune solidarité. Les quatre douches sont occupées, les coups redoublent contre les portes.

Devant le foyer, les rumeurs galopent. Les bizuts lancent des informations captées au hasard, créent des liens comme ils peuvent. Les garçons essaient de se faire remarquer des quelques filles avant les autres. Un première année, grand brun à lunettes, se poste près de moi et se présente : Fred. Il est « beauceron ». Il est juste doux et lisse, et ça ne me déplairait pas de me presser contre lui cette nuit où nous allons tous être enfermés dans le foyer, flanc contre flanc.

On nous fait poser nos matelas. Les deuxième année m'ont imposé un costume de chien, le seul jeu de mots qu'ils aient trouvé avec mon nom de famille : Perrot. On me demande de pisser, je lève la patte sur un réverbère vivant. Sous les huées, parce que je suis une chienne et non un chien. Un deuxième année me promène en laisse, et le défilé se termine pour moi. Je m'en sors bien.

D'autres ont moins de chance et doivent faire un strip-tease quasi intégral. Beaucoup sont déjà bourrés à la bière. Personne ne m'en a proposé, et ça tombe bien, je n'aime pas ça. Un couple en slip et soutif doit simuler l'acte sexuel. Je jette en douce des coups d'œil autour de moi. Tous s'amusent. Je ris un peu plus fort que les autres.

Après un dernier passage, on dispose une mer de matelas sur le sol. Tout le monde retire ses chaussures. Une odeur de fromage monte et se mêle à celle de la sueur, de la bière et des cigarettes.

Fred n'attend pas que les néons soient éteints pour tenter une approche. On se roule des pelles sous ma couverture, pendant que les deuxième année slaloment entre les corps.

Le grand rouquin passe tout près de nous et se marre. Je suis repérée, la fille à la couverture bleue ; Fred, lui, gagne un galon de séducteur. Les regards des deuxième année et des bizuts convergent. En voilà une qu'on va pouvoir se passer, disent leurs rires gras. J'ai un peu honte de m'être fait remarquer, mais je suis quand même assez fière d'avoir attrapé un garçon dès le premier jour.

À un rang de là, une brune croisée à la douche secoue la tête en me regardant froidement. Son visage rond de madone se détache comme la lune dans la pénombre.

La nuit est longue, entrecoupée de passages tonitruants des deuxième année. Sous la couverture bleue, Fred laisse ses mains se balader, je les arrête : « Pas ici. » Mes voisins n'en perdent pas une miette. Un quart d'heure avant le discours de bienvenue du directeur, on nous relâche. C'est la panique pour jeter nos affaires dans les chambres avant de courir vers l'amphi.

Fred a détalé comme les autres, et je me retrouve seule, le matelas sous un bras, ma couverture sous l'autre, défilant devant une rangée de deuxième année hilares.

— Alors, la couverture bleue a passé une bonne nuit ?

Je passe sans un mot, la tête haute ; mon cœur bat fort, et mes jambes lasses tremblent.

J'écoute dans l'amphi le discours du directeur, M. Benoist, grand homme calme et grisonnant. L'épuisement m'empêche de tout comprendre. Il est question d'investissement, d'organisation. De gérer sa fatigue, ses révisions. Gérer ses sèches – attention, les sanctions sont réelles. Gérer sa sexualité.

Je rougis jusqu'aux oreilles. J'ai bien entendu, on nous parle de contraception.

La direction a laissé l'après-midi libre pour le bizutage. Il faut enfiler un maillot de bain et des baskets en cinq minutes chrono. Cette fois, le serpentin doit grimper sur le toit du bâtiment B. On nous fait attendre longtemps dans l'escalier. On a le droit de s'asseoir sur les marches poisseuses.

En haut, deux gars de deuxième année me sanglent. Les gestes et les mots sont sûrs. Confiante, je me lance dans le vide.

Un œuf vient tout de suite s'écraser sur mon cou, suivi par une tomate. J'essaie de ne pas vomir en sentant la matière épaisse me dégouliner dans le dos. Trois ou quatre excités sont postés à chaque fenêtre. Les sacs d'eau et de farine pleuvent, et transforment ma peau et mes cheveux en une même couche pâteuse.

En bas, le grand rouquin au mégaphone me reconnaît. « Et on applaudit bien fort la propriétaire de la couverture bleue ! » Hurlements et imitations de cris d'animaux lui répondent. Dès que je touche le sol, on me parque avec les autres bizuts au fond de la dalle pour mieux profiter du spectacle. Les deux garçons qui suivent ne suscitent pas l'excitation des bizuteurs.

Une fille obèse enjambe le bord du toit, dans un une-pièce échancré en lycra. Les sifflets fusent pendant qu'elle progresse, chaque arrêt de la corde, chaque jet d'œuf fait vaciller sa graisse. Les ronflements de bestiaux et les cris de volatiles se mélangent, les matières tombent comme la grêle. La fille gagne un surnom de dessert gélifié et, une fois à terre, gueule sa colère au milieu des éclats de rire.

Qui cela impressionne ?

Dans la fraîcheur du soir, on finit par une chouille. Les deuxième année aussi ont besoin de décompresser.

Fred en profite pour passer me voir au rez-de-jardin, dont le code n'est déjà plus un secret pour personne. On s'embrasse gentiment sur mon matelas. Il demande à venir dans ma chambre, ce soir. Une boule se forme dans ma gorge. Je pense à Sophie. Je lui propose d'attendre une semaine. Il doit croire que j'ai mes règles, ça le refroidit un peu, ça se voit.

Sophie, c'est ma petite tante, ma presque grande sœur. Elle ne m'a pas vraiment raconté comment c'était, la première fois qu'elle a fait l'amour sur une plage de Bretagne, l'été de ses seize ans. Dans l'école privée de jeunes filles dans laquelle mes parents ont cru me protéger, ce genre de nana est un mythe. Je me suis promis que je perdrais ma virginité comme elle, à seize ans et demi. Et c'est dans une semaine exactement.

Inès

Cette chambre semi-enterrée est humide comme une cave. Je l'ai tout de suite dit à Pierre, en remontant dans le break dimanche dernier pour rentrer chez nous, non loin de Versailles. Arielle va être malade là-dedans. Pierre a maugréé. C'était dix fois mieux que sa chambre d'étudiant d'il y a vingt ans.

J'ai essayé de vivre normalement. J'ai réussi à m'inscrire à cette formation en dessin assisté par ordinateur, que je lorgnais depuis l'an dernier. Pour la première fois depuis la naissance de Baptiste, j'ai déposé les enfants à la cantine. Cela m'a fait drôle de passer la journée avec des adultes. Les autres stagiaires sont plutôt des chômeurs de moins de trente ans, débraillés mais sympathiques.

Après de nombreux essais, j'ai fini par savoir créer un fichier toute seule, l'enregistrer et le retrouver pour le modifier. Je me pavanais au dîner en annonçant mes prouesses informatiques à Pierre. Il m'a regardée, goguenard. Pourquoi faut-il qu'il se moque ainsi de tout ce qui me fait exister ? Je l'ai planté là, me suis enfermée dans la salle de bains et je l'ai laissé s'occuper seul des petits.

Quand Diane est venue frapper doucement, je lui ai ouvert les bras pour le câlin du soir. Oui, je l'aimais. Mais non, je n'étais pas en colère contre elle. Baptiste nous a rejointes, et nous avons repris notre routine, histoire, pipi, les dents, bisou.

Je n'ai pas vu la semaine s'écouler, courant du poney-club aux devoirs en passant par l'orthophoniste. Diane nous a fait hurler de rire, Pierre et moi, en nous récitant sa première poésie pleine de zozotements. La tendresse entre nous est revenue, et Pierre m'a fait l'amour. Je n'ai pas dormi ensuite. Je n'ai pas osé me lever et risquer de le réveiller. Il a des journées tellement remplies.

Pour ce premier week-end, il est allé chercher Arielle à la gare. Les phares jaunes ont jeté un éclat avant de plonger dans la descente du portail. Ma grande fille a balancé son sac à dos sur ses épaules et s'est approchée, sourire bravache aux lèvres, des cernes jusqu'aux genoux. Je l'ai embrassée, mais son corps mou s'est dégagé de mon étreinte.

La conversation ne s'est guère éternisée, Arielle était si fatiguée qu'elle a directement filé au lit après m'avoir laissé son linge. Ses vêtements étaient empaquetés dans un sac-poubelle. J'en ai tiré un magma d'huile et d'œufs. Je me doutais qu'il y aurait un bizutage, mais que ma fille ne m'en souffle mot m'a serré le cœur.

Comme quand elle a refusé de nous accompagner aux manifestations pour l'école libre, honteuse d'appartenir au monde qui l'a élevée. J'ai sans doute manqué une étape avec elle. Mère à vingt ans, aurais-je pu faire autrement ?

Ce matin, les petits sont tout excités du retour de leur grande sœur. Diane et Baptiste, leurs moustaches de chocolat au lait toutes fraîches, trépignent devant sa porte. Arielle ouvre en râlant. Elle a besoin de dormir.

Je reprends un café pour le plaisir de m'attabler avec elle, mais c'est peine perdue. La bouche pleine de céréales, elle répond à mes questions par monosyllabes.

Son bol de muesli avalé, elle file comme la gamine en pyjama qu'elle est encore, à quatre pattes dans la chambre de Baptiste. Fier comme un général, il lui présente ses troupes de Playmobil massées devant le « château », un amoncellement de cartons que Diane et lui ont scotchés maladroitement.

Il vient un moment où je remets la jeune troupe dans le droit chemin : il faut se débarbouiller et s'habiller. Arielle en profite pour subtiliser le téléphone, dont le fil serpente maintenant sous sa porte close. Elle va sans doute encore appeler Sophie. L'adoration d'Arielle pour ma petite sœur bohème m'exaspère. Forcément, Sophie a un certain ascendant sur ma fille avec ses sept ans de plus, au point d'imposer son goût pour ce Bowie si malsain, qui fait se pâmer les deux filles branchées sur le même Walkman.

Je me rapproche de la porte d'Arielle, surprends des bribes de conversation. Il est question d'un garçon, de « devenir une femme comme toi ». J'ai envie de cogner à la porte, d'arracher le combiné des mains d'Arielle, de lui interdire de parler à Sophie.

Au déjeuner, elle apparaît, souriante et distraite, s'excusant de son retard. Son regard évite les nôtres pour se poser sur son frère et sa sœur. Pierre couve des yeux les enfants qui font les pitres, se laisse gagner par leurs rires.

Je ne parviens pas à entrer dans la comédie. Arielle continue à m'éviter, redouble de singeries jusqu'à énerver son père. Après quelques grognements, le calme revient. Pierre finit par déceler ma froideur lorsque je dépose brusquement la corbeille de fruits à table, et m'interroge du regard. Je lui tourne le dos pour ranger les plats. C'est ce moment que choisit Arielle pour annoncer qu'elle va au cinéma avec Sophie cet après-midi.

Je serre les poings sur mon évier. Personne ne le remarque, évidemment.

Arielle

C'est le premier dimanche soir où je dois prendre le train seule. Papa m'a quand même déposée à Paris, autoroute, périph, boulevards des Maréchaux. Les lueurs des phares défilent sur notre absence de conversation.

Qu'il me paraît loin, ce jour de juin frais et étincelant où il m'a accompagnée à l'école, juste après le résultat du concours. Comme à chaque fois que je passe un examen, il était malade. On est partis en retard, ce qui faisait monter d'un cran sa nervosité. Il tentait de la masquer derrière des anecdotes plus ou moins marrantes de ses années d'études. C'est moi qui ai dû le rassurer, j'avais passé l'écrit, j'étais bien placée, même si mon ventre serré n'en pensait pas un mot. On s'est arrêtés dans une station-service. En le voyant revenir vers la voiture, je me suis fait la remarque qu'il se faisait bien du souci pour quelqu'un qui n'était pas mon vrai père.

Le front appuyé contre la vitre du train, je ressasse ce dernier week-end de petite fille. Mes jeux avec Diane et Baptiste, le ciné du samedi après-midi avec Sophie, finalement pas plus impressionnée que ça par le grand saut que je m'apprête à faire. Une distance s'installe peu à peu avec elle, depuis que nos chemins se séparent, elle vers la vie active, moi vers les études. Nos récits de vacances divergent, elle en Corse entourée de beaux mecs, moi dans une ferme laitière en Mayenne pour mon stage de motivation, puis en Bretagne, sous la cloche familiale, entravée par l'inévitable garde des petits.

Le dimanche sans fin, la messe interminable, l'éternel poulet-frites, les confitures glissées dans mon sac.

Lorsque je lui ai dit au revoir, la grimace de Maman devant mes paupières, et ses mots : « Il n'y a que les putes qui se maquillent tous les jours. »

Le mot *pute* résonne encore tandis que le paysage passe du chien au loup à travers la vitre.

Pute-pute-pute-pute-pute, scandent les jointures des rails. Pute-pute-pute-pute-pute, grésille le Walkman posé sur la tête du mec d'en face, qui me reluque sans gêne.

Tout ça parce que j'ai mis du mascara sur mes cils transparents et un léger trait de crayon. La buée de mes yeux l'efface bien vite.

Je me laisse bercer par les injures répétitives du train. Je songe à la froideur de Maman.

À l'arrivée, je ne suis pas la seule étudiante à charrier un sac à dos lourd comme le mec au Walkman. Il y a plus de dix minutes de marche jusqu'à la résidence, on repère les bizuts à pied.

Un garçon hirsute arrive à ma hauteur. Il porte un jean très usé à l'ourlet et un simple pull côtelé malgré la pluie fine. Une guitare est accrochée à son sac. Il plante ses yeux francs et presque noirs dans les miens, se présente : Laurent, première année, surnommé Mowgli – à cause de ses cheveux, j'imagine. Je ralentis le pas. Il vient du Pas-de-Calais, je ne sais même pas où c'est. Il marche à grandes enjambées, mais traîne suffisamment pour rester à mon niveau. Nous ne bavardons que depuis quelques instants, mais je me sens déjà en sécurité avec lui.

On s'engouffre dans le bâtiment C, on se faufile devant la cuisine du rez-de-jardin, où quatre filles dînent ensemble. Le regard de la brune lunaire me suit, elle chuchote aux autres un truc qui les fait pouffer. Quand on se glisse en sens inverse, elles font silence devant mon front rouge et la carrure de Mowgli. Bande de connes.

Mowgli

J'ai remarqué Arielle au moment du défilé. Mon nom, Verber, avait été transformé en Réverbère. J'avais imaginé un bricolage avec une lampe-tempête tenue à bout de bras. Déguisée en chien, elle avait poussé le réalisme jusqu'à lever la patte sur moi, en me décochant un regard malicieux. Le mouvement d'installation des matelas nous avait ensuite séparés.

J'ai pris mon parti du bordel ambiant. Habitué à coucher à la dure, je me suis enveloppé dans mon fidèle duvet à un coin de la salle et je me suis assoupi comme un gosse. Au matin, je suis allé au discours du directeur sans capter vraiment ce qui se passait.

Ce lundi, Arielle se pointe à la bourre, vêtue d'une robe dont le bas se situe juste au niveau des tables. Ses longues jambes sont gainées du même bordeaux que le haut de sa robe. Les sifflets fusent, « ssssssssssssssss, sssssex »…

Quand on a descendu la façade en rappel, j'ai vu qu'Arielle avait du cran. Elle a encaissé en manœuvrant rapidement, a gardé la tête haute devant les allusions des bizuteurs.

Elle prend le même air de s'en foutre et vient se poser à côté de moi, royale au milieu des sifflets.

Bragand, le prof de biochimie, est un arpenteur. On pourrait croire qu'il court ce marathon pour perdre du poids, car il est déjà en nage au bout de dix minutes. Son débit est comme sa marche : saccadé, rapide, ininterrompu. Il ne nous prête aucune attention, et la caricature que dessine Arielle dans la marge de sa feuille passe inaperçue.

Elle a croqué un bonhomme bouffi dont s'échappent des milliers de gouttes de sueur. C'est exactement ça. Je m'esclaffe.

— Verber ! Cinq points de moins sur le prochain contrôle.

Putain, comment il connaît déjà mon nom ?

Je me lève d'un bond.

— Oui, m'sieur ! Bien, m'sieur !

Il s'arrête brusquement et me fusille du regard.

— Et dix de moins si vous continuez à faire le malin !

Je me rassieds en gardant le sourire. Arielle aussi, mais elle est plus discrète que moi.

À la pause, tous se pressent à la machine à café. Son grand flirt débarque, la gueule enfarinée. Ils se font un baiser rapide, presque en cachette, puis se tiennent enlacés. Elle est silencieuse, bien différente de celle qu'elle était encore quelques minutes auparavant.

Lorsqu'on reprend, Bragand a changé de chemise et

Arielle de place. Elle est maintenant au fond avec son copain, qui tente de recopier ses notes de début de matinée. Son regard glisse vers moi, et elle me fait un petit signe. Je décide de me concentrer sur le cours.

Françoise

Bragand entre précipitamment dans mon bureau, il souffle de colère. Il y a déjà un quart d'absents, sans compter ceux qui perturbent, ceux qui répondent… Il va jusqu'à me tendre une liste. J'arbore un sourire calme et lui assure que le bizutage est terminé, que tout va rentrer dans l'ordre.

— Oui, eh bien, moi, je ne vais pas continuer à enseigner dans ces conditions !

Il postillonne sur mes dossiers, rêve d'une « petite » inspection de la résidence pendant les cours.

Attiré par le bruit, Marc Benoist pousse la porte qui sépare nos deux bureaux. Bragand éructe à nouveau avec une touche de drame en plus. La main sur son poitrail humide, il évoque des problèmes cardiaques aggravés par l'attitude irresponsable de ces étudiants, encouragés par notre laisser-aller.

Il me tourne le dos. Marc réprime un rictus. Il essaie de calmer le professeur, promet une visite surprise demain matin, la remise au pas de la bande de troisième année qui nous pose souci. Je déteste ce rôle de garde-chiourme. Déjà que je n'y arrive pas avec ma fille de quinze ans…

À la maison, j'appelle Lætitia trois ou quatre fois avant qu'elle daigne descendre. Bien entendu, elle n'a pas avancé dans son travail. Quand je le lui fais remarquer, elle lève ses yeux gris au ciel. Elle a les mêmes que son père, et c'est parfois comme un coup de poignard. Il est parti tôt, jamais vraiment remplacé. Un prof par-ci, un amant de confort par-là. Elle n'y est pour rien, mais les choses seraient plus simples si elle n'avait pas aussi hérité de son sale caractère.

Au dîner, je lui raconte la colère de Bragand et réussis à lui arracher un sourire. Avant la révolte. Elle m'accuse de fliquer des étudiants, me trouve « dégueulasse ». Je lui rappelle que Marc Benoist et moi sommes responsables de tout ce qui les concerne, y compris dans l'enceinte de la résidence. Lætitia hausse les épaules devant mon ton sentencieux.

— Ah oui, il faut qu'ils « gèrent leur sexualité », c'est ça qu'il leur a dit au discours de bienvenue ? Il est naze, ce Benoist. Ça déteint sur toi, maman. Et moi, quand j'aurai un copain, tu vas m'obliger à prendre la pilule avant que je sois prête ?

Elle se lève et débarrasse. J'ai encore évité une bonne occasion de me taire.

Restée seule à table, je songe à la fragilité apparente de cette Arielle Perrot accueillie lundi dernier, qui n'a qu'un an de plus que Lætitia. Quand elle est sortie du break immatriculé 78, sa grande taille était presque imperceptible tant elle se tenait voûtée, dans l'ombre de sa mère. Sa blondeur et son visage lisse accentuaient son côté juvénile. Ses gestes étaient gauches quand elle a saisi sa valise et fermé la portière.

Tandis qu'elle levait les yeux sur la résidence des étudiants, son visage s'est animé. Son expression tranchait avec celle de sa mère, dont elle était presque le portrait. Même haute taille, même coupe au carré. Celui de sa mère était châtain foncé, plus droit, tout comme la ride verticale qui rayait son front.

La veste en tweed du père trahissait l'aisance de l'Ouest parisien. La mère portait une tenue plus décontractée, mais le rang de perles sur le cardigan ne trompait pas. Arielle, avec son large pull chauve-souris, son jean trop court et ses vieilles bateau, s'affranchissait de leur élégance discrète.

La frugalité des affaires qu'elle a déballées – pyjama à nounours, trousse de toilette spartiate, mini-radio à piles – contrastait avec l'attirail des autres filles, possédant sèche-cheveux et tenues variées. En trois jours à peine, la plupart des chambres étaient déjà personnalisées au goût de leurs occupantes : rideaux de perles, batiks, coussins, affiches de mode… Elle, elle est arrivée vierge de tout.

Arielle

Je ne sais pas ce qui m'a pris de me mettre en robe. C'était comme si des serpents vicieux susurraient sur mon passage, à croire que ces mecs n'ont jamais vu les jambes d'une fille. En référence au discours de la semaine dernière, certains m'ont même lancé : « Alors, tu gères ? »

Fred a tenté de me peloter un peu pendant le cours, mais je l'ai envoyé promener, alors il a reposé les mains sur ses genoux. Et m'a demandé de le rejoindre dans sa chambre ce soir.

D'après mes calculs, j'ai pile seize ans et demi. Dans ce monde rural que je ne connais pas, les filles d'agriculteurs visent le blé des plus grosses fermes. Fred est un beau parti, pourtant je m'en fiche. Ce n'est pas l'amour de ma vie, mais il faut un début à tout même si ça me fout un peu les jetons.

J'ai fini par dire oui. Maintenant je suis devant sa porte. J'espère qu'il est seul…

Je frappe doucement, et aussitôt il ouvre, comme s'il m'attendait.

Je m'assieds sur le lit grinçant.

Puis, ensemble, on pose son matelas par terre au milieu de la chambre. Après, je ne sais plus où m'installer.

Il tire les rideaux et allume la lampe de chevet, avant de la recouvrir d'une taie d'oreiller orange. La chambre plonge dans une pénombre de la même couleur qu'une aire d'autoroute.

Je m'assieds sur le matelas. À côté de moi, il chuchote :

— Tu veux qu'on le fasse ?

Impossible de parler. La boule bloque ma gorge. Je fais « oui » de la tête. Il m'embrasse. Ma bouche est sèche, et je sens sa langue s'écraser sur la mienne, inerte.

Me reviennent les mots de ma mère, quand je lui ai demandé comment c'était de faire l'amour : « Ça fait mal la première fois. »

Je transpire malgré la fraîcheur ambiante.

Fred glisse les mains sous mon T-shirt pour dégrafer mon soutien-gorge. Il s'acharne sans y arriver. À mon tour je tâtonne, mais je n'ai jamais été douée. Comme une enfant, je ne sais le mettre et l'enlever qu'en baissant les bretelles et en le faisant tourner.

J'ôte mon T-shirt d'un coup sec pour y accéder. On se débarrasse de nos jeans et on se retrouve face à face en sous-vêtements.

Je me répète qu'il en fallait bien un premier. Il est beau, doux, sympa, c'est déjà pas mal, non ? Avec sa mèche et son torse si mince, si lisse, il ressemble aux adolescents romantiques de mes romans « Signe de Piste ».

J'inspire un grand coup, retire ma culotte blanche. Je le regarde faire pareil avec son slip en coton. Son sexe me semble bien trop grand.

Je transpire un peu plus et commence à trembler.

Fred se rapproche de moi. M'embrasse à nouveau. Son sexe bute doucement contre le mien. J'ai un mouvement de recul.

— C'est la première fois ?

Toujours impossible de répondre.

On essaie encore. Je fais un effort, je serre les dents.

Il finit par s'agenouiller et remettre son slip. Marmonne que je ne suis pas prête.

On se rhabille vite et sans se regarder.

Je m'enferme à double tour dans ma petite chambre au rez-de-jardin.

Je m'écroule à plat ventre sur mon lit et frappe mon oreiller.

Je ne suis pas normale, c'est sûr. Je vais rester vierge toute ma vie.

Françoise

Ce matin, tous les cours commencent à 8 heures. Je gare ma petite Fiat sur le parking de la direction et monte directement dans la résidence. Les première année ne réagissent pas à ma présence, mais je suis repérée par Juliette, une deuxième année couverte de taches de rousseur, qui fait demi-tour pour prévenir les dormeurs.

Juliette est la seule fille de son étage, le dernier du bâtiment A. C'est une élève calme, qui joue un rôle de maman pour les étudiants turbulents du quatrième. Seule fille de deuxième année parmi des troisième année, peut-être pour suivre un petit copain l'an dernier. Lequel, je n'en sais rien. Elle sait être discrète.

Quand j'arrive, essoufflée, en haut des marches, c'est le branle-bas de combat. Juliette a déjà fait le tour. Les portes claquent. Les garçons pas douchés émergent des chambres à moitié habillés. Ça sent le fauve et ça crie : « APPEL ! »

Un grand brun s'étale de tout son long. Éric Allard, barbe de cinq jours, l'aide à se relever. Ce dernier a déjà redoublé deux fois en trois ans, et il a un certain ascendant sur la bande. Il me supplie de ses yeux clairs.

— Allez, Françoise, soyez sympa ! Il a un peu abusé hier soir, mais dans une heure il sera sur pied.

J'essaie de garder mon sérieux.

— Et vous, Éric, vous avez été à un cours depuis la semaine dernière ? Ou la chasse aux bizutes n'est pas finie ? Je peux voir votre chambre ?

Un éclair de panique passe sur son visage. Il a le toupet d'évoquer le respect de sa vie privée. Réveillée par le ramdam, une jeune fille ébouriffée et légèrement vêtue sort la tête de la chambre d'Éric.

Je la fixe, désabusée. Une de plus à être tombée dans ses filets… Je note les noms de ceux qui sont en retard, dont Éric et son comparse. J'accepte de faire une exception pour la fille de première année.

Marc Benoist va être ravi. Il ne supporte pas ce garçon et ne rêve que de le virer de l'école. Si on se base sur ses notes, il n'a pas tort. C'est un fêtard qui anime toutes les soirées étudiantes. Il a une 205 GTI noire avec laquelle il déboule en dérapage contrôlé sur le parking de la résidence. Il n'est jamais avec la même fille. Malgré une brioche naissante, son sourire jovial et son regard pétillant sont ses meilleurs atouts. Les garçons de son étage, souvent moins conquérants, rêvent de lui ressembler.

Il arrive à me faire rire à chaque fois que je le prends la main dans le sac et à me convaincre systématiquement de le laisser filer.

Mais là, son bagout et les efforts de Juliette ne les sauveront pas. Celle-là, ça ne m'étonnerait pas qu'elle soit aussi sous le charme.

Arielle

Ce n'est pas que ça me dérange de croiser Fred, je suis même capable de lui sourire. Mais bon, il faut que je passe à autre chose.

Au resto U, on discute avec Mowgli lorsqu'un deuxième année s'installe à notre table. Il s'occupe du journal de l'école. On lui a dit du bien de ma caricature de Bragand, et il a besoin d'une affiche pour la boum du jeudi suivant.

Quand il s'envole, je le suis du regard. Mowgli pouffe, me demande si je suis sur le prochain. Est-ce que j'ai déjà une sale réputation ? Je détourne la conversation en lâchant un ragot qui traîne : Mowgli aurait une copine. Il se rembrunit, rassemble ses couverts sur son plateau et se dirige vers le tapis roulant de service.

Après les cours, je m'enferme dans ma chambre pour peindre l'affiche de la boum. Je m'inspire d'une photo de concert des Stones sur laquelle Mick Jagger est torse nu.

Je suis assez fière du résultat, et heureuse d'avoir ressorti mon matériel de dessin.

Les arts plastiques, ce n'est pas assez sérieux pour mes parents. Enfin, surtout pour Papa, qui veut absolument que je devienne ingénieure.

Dans la cuisine des filles, c'est l'effervescence. Au moins dix première année s'affairent, poussent la table au fond, enfournent des quiches, remuent des salades composées. C'est l'anniversaire de Béné.

Elles me proposent de rester, alors je tartine des toasts, récupère un vieux paquet de chips dans ma chambre. Les filles sont excitées, des mecs de troisième année doivent descendre pour la fête. Je retourne me maquiller pour la forme.

Les six gars débarquent avec des packs de bière et une bouteille de vodka. Éric, le plus petit des six, a des yeux rieurs, bleu clair cerclés de foncé, comme un glacier. Il enchaîne blague sur blague, met tout le monde à l'aise.

D'immenses chopes façon fête de la bière sortent d'on ne sait où, et démarre un concours pour les vider le plus vite possible. Béné recrache une partie de la sienne. Tout le monde s'esclaffe.

C'est l'heure des bras de fer. Tandis que j'écrase l'avant-bras d'un de ses copains, Éric, sa Béné contre lui, me félicite d'un clin d'œil. Je lui souris timidement en essayant de ne pas montrer que l'éclair glacier a fait mouche. Je le dévisage à la dérobée pendant qu'il rejoue la grande scène de

Touchez pas au grisbi avec ses deux amis. Ils connaissent les dialogues par cœur. Il ponctue chaque toast, chaque blague d'un sourire carnassier aux canines pointues comme celles d'un tigre à dents de sabre, qui exposent à tous son appétit de la vie. Sa barbe courte lui donne un air très mûr à côté des grands ados qui l'accompagnent. C'est lui, le centre de la fête.

En retrait, je contemple ce physique d'homme, nouveau pour moi. Jusqu'ici, je ne prêtais attention qu'à des garçons imberbes comme Fred. Sa chemise est ouverte sur un poitrail velu, et c'est la première fois que je ne suis pas rebutée par des poils.

Quand notre tour arrive, la douceur de sa main me surprend, et il commence par me donner l'avantage tout en plantant les yeux dans les miens. J'en oublie le jeu et ramollis ma défense. Un sursaut de fierté me fait me redresser. Je le fixe maintenant en souriant crânement, et il me renvoie un regard profond en me laissant gagner, un regard qui reste suspendu entre moi et la fête, à partir de cet instant.

Béné parvient à souffler de justesse ses bougies sans vomir. Pendant qu'elle va s'échouer sur son lit, Éric entonne *La Digue du cul.* On se partage le gâteau.

Quelqu'un a glissé à Éric que j'avais dessiné une affiche pour la boum. Il demande à la voir. Dans ma chambre, il s'extasie – il est fan des Stones, évidemment. Puis il exulte en découvrant ma petite étagère de bandes dessinées.

Assis à mes côtés sur le lit, il me propose ma première cigarette. Je crapote en toussant. Il me vante ses bédés et disques préférés, qu'il promet de me faire découvrir bientôt. Je bois ses paroles et sa fumée alors que je m'endors à moitié. Il s'en aperçoit et s'approche lentement pour m'embrasser sur la joue. Il se lève, et je l'imite pour lui dire bonsoir, on se refait la bise. Dans l'encadrement de la porte, devant le couloir désert, il se retourne et me colle à nouveau un baiser sur les deux joues et, au bout d'une dizaine comme ça, il s'éloigne. Je reste appuyée contre le chambranle. Je voudrais qu'il revienne.

Je n'ai plus sommeil. Je vais boire un verre d'eau dans la cuisine dévastée. Je reviens dans ma chambre vide, espérant une réapparition miraculeuse.

Il n'y a plus aucun bruit à l'étage. Une porte claque dans la résidence. Je décide de monter au quatrième.

Devant la chambre d'Éric, je frappe doucement. Une fois. Deux fois. Aucune réponse mais des petits bruits indistincts me font comprendre qu'il y a quelqu'un. J'appelle tout doucement son nom. Rien si ce n'est un grincement isolé et, soudain, plus aucun bruit.

Je ravale ma honte en redescendant l'escalier désert. Je me couche habillée, à l'endroit où son corps a laissé un creux, dans son parfum épicé.

Mowgli

All is quiet on New Year's Day
A world in white gets underway
I want to be with you,
Be with you, night and day
Nothing changes on New Year's Day

La boule disco projette ses mille et un papillons de nuit sur moi, sur Arielle, sur nous tous, agglomérés au centre de la salle du foyer.

Je tournoie juste en dessous de la boule, les bras à l'horizontale. Les pulsations de la batterie donnent des à-coups dans ma poitrine. Le DJ monte les basses pour nous faire vibrer à l'unisson.

Arielle se tend vers lui, avant de faire une pirouette en m'effleurant.

I will be with you again
I will be with you again

Quand elle bouge comme ça, on ne dirait pas qu'elle danse. Ses déhanchements ne sont pas juste suggestifs ou en rythme avec le rock binaire de U2, ils sont une manière de dire : « Je suis vivante et je suis bel et bien là. »

À chaque tour je la vois plus joyeuse, plus fluide, emportée par la musique. Elle me sourit, elle virevolte et lance des sourires à d'autres. Les ondulations de son corps ne sont pas pour moi.

Je chante tout près d'elle, et elle fait de même, la tête renversée. Elle me sourit à nouveau, mais elle sait pour Esther.

Je ne vois pas qui aurait pu le lui dire. A-t-on surpris ma conversation lundi, à la cabine téléphonique du foyer ?

Esther était très remontée contre mon silence. Depuis deux semaines qu'on est rentrés à l'école, je ne l'ai pas beaucoup appelée.

Elle n'est pas idiote, elle a dû sentir que je ne pensais plus à elle si souvent, à ses yeux noisette, ses longs cils bruns, ses seins. Je lui ai bien écrit une lettre, mais elle est capable de lire entre les lignes. Pas un mot sur Arielle bien sûr... Pour écrire ou parler d'elle, il faudrait déjà que je sache quoi dire.

Though torn in two
We can be one

J'aimerais bien glisser un mot à Arielle, mais elle se donne tout entière à la danse. À nos regards. À un regard auquel le sien s'aimante de plus en plus souvent, près des platines. Il y a un grand brun absorbé dans le choix d'un prochain disque, cheveux sombres et bouclés penchés sur le bac. Un barbu danse comme un ressort sans quitter son poste et lui sourit de toutes ses dents.

Quelque chose se déchire entre ma glotte et mon sternum. Arielle se retourne vers moi, heureuse.

J'ai envie de la prendre par la main, de l'extraire de cette salle moite où tous les mecs se pressent contre elle, lui soutirent des sourires limpides qu'ils ne méritent pas. J'en ai envie mais je ne le fais pas.

Pas à cause d'Esther. Mais parce qu'elle sait qu'il y a Esther.

Ah, maybe the time is right
Oh ! maybe tonight
I will be with you again
I will be with you again

Je ne tournoie plus, je fais semblant de danser, pantin secoué par des fils invisibles qui ne m'appartiennent pas. Je fixe Arielle.

Prise par le riff et l'intensité du final, elle se déchaîne face aux platines, là-bas, où le DJ luit comme un phare magnétique et inquiétant.

Je préfère me faufiler hors du foyer avant qu'elle se retourne, passe devant l'affiche qu'elle a dessinée, un Mick Jagger sensuel et survolté comme elle.

La porte de ma chambre claque. Sur mon bureau, la lettre d'Esther arrivée ce matin. Je me couche sans l'ouvrir. Par la fenêtre ouverte, ou peut-être dans mon cerveau en court-circuit, la sono continue le même air.

Arielle

J'ondule au milieu des autres, je me sens dans mon élément, comme un poisson brillant au milieu d'un banc innombrable, changeant de direction, puis entraînant tout à coup les étudiants dans mon sillage.

I just can't get enough
I just can't get enough

Et, soudain, je ne vois plus Mowgli. Je rate une mesure, le cherche. Il est peut-être allé prendre une bière au bar. Sauf qu'il ne boit pas. Je tourbillonne sur la piste, d'autres poissons ondoyant autour de moi. Un garçon blanc à taches de rousseur me tend la main pour un rock. Éric sourit derrière les platines. Sans m'en rendre compte, je quête son regard au moment de saisir la main du garçon. La chaleur du sourire d'Éric m'enveloppe, fait pulser mon cœur comme si c'était lui qui tanguait avec moi.

Je danse machinalement avec le blanc-bec en surveillant les platines du coin de l'œil. Béné n'est pas apparue de la soirée. J'ai beau scruter la salle, les clins d'œil d'Éric ne semblent décochés que dans ma direction. Même quand je suis dos à lui, je sens une caresse chaude me parcourir la nuque, les reins.

Je sautille avec d'autres garçons, je m'étourdis de rock et de stroboscopes, chaque œillade d'Éric comme un éclair venant me recharger. Mowgli ne reparaît pas. Je danse jusqu'à l'étourdissement. Éric, qui fourrage dans ses bacs, ne me voit pas partir. Je vais me coucher avec de grands coups dans la poitrine, sans un regard en arrière.

I just can't get enough
I just can't get enough

La nuit, la rengaine de Depeche Mode ne me laisse pas me calmer.

Est-il possible que je l'intéresse ?

Est-ce qu'une petite conne de seize ans peut vraiment lui plaire ?

Inès

Le téléphone sonne deux fois, comme l'an dernier quand Arielle était encore au lycée et qu'elle avait manqué son bus. Je jette un coup d'œil aux petits, déjà en pyjama devant des dessins animés japonais.

Je fais vrombir la 2CV vers la gare. Pas la première, bleu layette, qu'Arielle avait baptisée Pimprenelle, comme dans *Bonne nuit les petits*. C'était l'époque où je conduisais des heures, fumant paquet sur paquet, pendant qu'elle jouait parmi les coussins étalés sur la banquette arrière.

Il est loin ce temps où, au volant de ce cadeau de François, nous pouvions laisser rouler les heures sans nous parler, avec parfois un regard réciproque pour nous rassurer mutuellement. Pourtant, Dieu sait qu'elle pouvait être bavarde, saisissant mon menton avec autorité pour me montrer un moulin alors que j'étais à pleine vitesse. Il fallait en trouver, des chansons et des jeux, pour recenser les vaches, les Peugeot rouges, les Renault bleues et les 2CV vertes, avant d'arriver à destination.

Aurais-je dû lui avouer la vérité, le dimanche de ses treize ans, quand elle s'est lancée dans le vide en me demandant, après ces années de silence, qui était son père ? Aurais-je dû ravaler mon chagrin ? Oublier ma solitude, et ma honte ? Je ne l'ai pas su. Elle a fugué l'heure d'après et n'a reparu qu'à la nuit, mate et silencieuse, évitant mes bras.

La blondinette a grandi, et c'est maintenant une jeune femme qui m'attend à l'angle de la gare routière, vaste parking de béton, à côté de la cabine téléphonique d'où elle m'a si souvent appelée, son sac à dos étalé à ses pieds. Après un sobre échange de bonsoirs, elle s'enfonce dans le siège et tourne la tête vers la vitre opposée.

J'enclenche la première. Les quinze minutes de trajet promettent d'être aussi silencieuses que nos périples d'antan, regards complices en moins. Je suis la seule à savoir à quelle époque renvoie le doux bruit aigrelet de la petite 2CV, même si c'est Pierre qui a payé celle-ci, couleur pistache. Nous ne lui avons jamais donné de nom.

Au rythme de ses essoufflements pour grimper la longue côte, j'essaie de me remémorer les derniers moments de complicité que nous avons eus en famille, avec Arielle. En passant devant le vietnamien dans lequel nous dînions tous ensemble après un film, je lui demande si elle a envie d'un cinéma et d'un restaurant demain soir.

Arielle sursaute et se retourne vers moi, interdite. Elle est déjà prise. Elle a prévu de dormir chez des copains à Paris.

Je ronge mon frein en essayant de ne pas exploser. Elle n'a pas dix-sept ans et envisage de dormir chez des amis, peut-être un garçon.

Comment éviter le pire ? Comment éviter qu'elle se précipite naïvement dans les bras du premier venu ? Qui ne manquera pas de l'abuser, cette belle confiance toute neuve. Comme la mienne quand je me suis précipitée dans les filets de François. Mes doigts tremblent sur le volant. Je prends une inspiration avant d'évoquer, le plus posément possible, la discussion qui s'ensuivra avec Pierre. Je ne suis pas sûre que ses projets l'enchantent.

Elle se détourne ostensiblement, je ne lui fais jamais confiance.

J'essaie de regarder droit devant moi malgré le brouillard qui trouble mes yeux. Le silence s'alourdit. On est arrivées.

Arielle file dans sa chambre, sans même passer au salon embrasser les petits.

Mowgli

Depuis qu'Arielle a fait mention d'Esther, je ne sais plus rien. La vision d'elle sautant sous la boule à facettes m'est revenue en pleine figure, et son détachement aussi. Qu'elle n'ait pas cherché à savoir où j'étais parti pendant la fête, ça m'a blessé. On s'est évités toute la matinée. Qu'elle fasse ce qu'elle veut, après tout.

J'ai ouvert la lettre d'Esther le lendemain matin. C'était un ultimatum pour que je la rejoigne ce week-end. J'ai foncé à la gare pour prendre un billet de train. J'ai bourré mon sac à dos de quelques affaires pas trop sales, je n'aurais pas le temps de visiter les parents. S'ils savaient que je monte sans passer les voir…

Esther.

Ma belle, ma douce. Comment en est-on arrivés là ?

Au début, j'étais plus à l'aise dans l'art de lui envoyer une bourrade au sport qu'à lui faire de grandes déclarations. Tout était encore simple.

Puis, à seize ans, on a enfin eu le droit de bosser et, comme par hasard, on s'est retrouvés ensemble au supermarché du coin, elle aux caisses, moi au rayon charcuterie – tout pour éviter de moisir à la ferme de mon père. On se retrouvait à la pause, derrière le parking, à parler de choses et d'autres.

Esther était une littéraire, elle s'enflammait pour les lectures proposées par le lycée. Elle entamait le deuxième tome des *Misérables* et cherchait à me convertir malgré mes arguments paresseux.

À la fin de l'été, comme je ne me décidais pas à me déclarer et que le parking n'était pas assez romantique pour elle, nous sommes allés pique-niquer dans les dunes. Enfin, j'ai caressé ses cheveux et posé mes lèvres sur sa bouche impatiente.

Elle m'a tenu en haleine jusqu'à l'été suivant avant que l'on aille plus loin. J'étais confiant. Mon corps trouvait la frustration un peu longue, mais je souffrais patiemment l'épreuve. Trop peur de la brusquer. Pas physiquement, la fierté de ses courbes et ses regards insolents laissaient bien deviner son envie. Mais j'avais peur de choquer sa haute idée de nous, de notre histoire.

Petit à petit elle m'a laissé découvrir le grain de sa peau brune et la parcourir de plus en plus précisément. De son côté, elle aussi découvrait son premier corps de garçon.

Le jour où on s'est donnés l'un à l'autre, dans la hutte de chasse des parents de Guillaume, ce n'était pas notre premier plaisir ensemble. C'était la réalisation de toutes nos promesses.

C'est évident que nos corps sont faits l'un pour l'autre. Cette perfection, je la ressens à chaque fois avec elle.

Je me suis déroulé le film de notre amour idéal tandis que le train m'emportait vers le nord. Où est-ce que ça a cloché ?

Esther est en hypokhâgne, entourée de brillants esprits comme elle. Moi, j'ai décroché mon bac ric-rac. Je préférais bricoler ma mob, aller pêcher dans les ruisseaux ou taper le bœuf avec Guillaume, emmener les gosses du centre camper ou aider à la ferme de mes parents. C'est naturellement que les études agricoles m'ont tendu les bras.

Ça ne fait que deux semaines qu'on a commencé les cours, et déjà nos deux mondes s'éloignent.

À la petite gare, j'avais une bonne demi-heure de marche pour arriver chez elle, vers les dunes de nos premières balades. La bruine a calmé ma bouffée nostalgique. Comme d'habitude, je n'avais ni veste ni ciré.

Dégoulinant, j'ai frappé au carreau de la cuisine. Esther a manqué de renverser la table familiale, m'a sauté dans les bras. Elle ne m'attendait pas, croyait que je ne viendrais pas, elle était émue, je m'en suis rendu compte.

Je l'ai couverte de baisers le plus discrètement possible. Ses parents, médusés, sont sortis sur le pas de la porte.

Ma douce m'a accueilli avec toute la fougue d'avant la rentrée. Je me suis perdu en elle comme un enfant dans sa famille après une longue séparation. Les seins et les hanches en plus.

Nous avons beaucoup marché dans les dunes. Au bord de la rivière. Dans les marais. Par bonheur nous n'avons croisé personne.

Nous avons parlé des heures et des heures. Ses amis vont au conservatoire de théâtre, écrivent. Elle se rêve en journaliste.

Elle m'a écouté avec dégoût raconter ce bizutage imbécile, les blagues vaseuses, l'alcool qui coule à flots. Elle entendait par défaut que je ne mentionnais pas ma seule amie dans cette école de cul-terreux, les « cut' » comme ils disent. Elle n'y mettrait pas les pieds, que j'en sois sûr.

Elle m'embrasse fiévreusement sur le quai de la petite gare.

Le grand bol d'air du week-end s'estompe dès que sa fine main agitée disparaît, après le premier virage de la micheline. Je n'ai rien réglé. Je n'ai pas réussi à lui parler d'Arielle. De son caractère à l'opposé du sien. De son côté brut et enfantin, tandis que ma belle est subtilement femme. De son côté vulnérable et fort qui m'émeut, qui n'imagine pas qu'elle est belle, quand mon Esther est toute assurance et tranquille maîtrise.

Où j'en suis, je ne sais plus.

Arielle

Ce soir, c'est le bon.

Je sais qu'Éric viendra dans ma chambre. À la pause, il me l'a susurré comme un tigre avant un bon repas, et je lui ai souri.

Il est à moi.

Mon cœur bondit, gazelle dans ma poitrine. Je fais semblant d'écouter le cours survolté de Bragand le Transpirant.

La journée s'écoule comme dans un rêve. Au resto U, je n'écoute pas Mowgli me raconter son week-end, et je ne lui raconte pas le mien. Il quitte la table avant moi. Les entrechoquements de plateaux et de couverts sont ouatés ; les autres étudiants, des ombres. Le campus, tel que désigné pompeusement dans la brochure de l'école, perd de sa réalité et s'efface doucement.

Ne compte que cette chair qui bat sous ma peau.

Le moment qu'elle va vivre, vers lequel je suis tendue.

Éric, Éric, Éric.

J'ai appris par cœur chaque grain de la peau de son visage blanc, la clarté de ses yeux, la teinte précise de chacun de ses cils, sourcils et poils de moustache et de barbe.

Son sourire contagieux flotte comme celui du chat du Cheshire et me poursuit délicieusement toute la journée dans le brouillard, à moins que ce ne soit la brume de mes sens.

Il m'a dit : « Chut ! » Je garde mon secret de feu tout au fond de moi, jalousement. Je ne laisse personne l'approcher.

Aucune des filles de mon étage ne m'a vue rentrer discrètement dans ma chambre. Même Mowgli ne sait rien, ne voit rien. Je serais gênée de le lui dire.

Quoi ? Que je vais coucher ce soir avec un mec dont je suis folle, sans même savoir s'il est encore avec Béné ?

J'essaie de rendre accueillante ma cellule de jeune fille sage, sans vraiment y parvenir. Je dissimule mes culottes de coton, mon pyjama à nounours. J'installe le matelas par terre pour éviter les grincements du sommier en fer. La petite étagère, le bureau encore vide de cours n'incitent pas à la fête.

Éric descend au rez-de-jardin en fin de soirée. Il entre comme un voleur. Ses prunelles étincellent sous son grand front fiévreux, son sourire illumine toute la pièce.

— Bonsoir, toi…

On se bouffe du regard, puis nos bouches se happent.

Son baiser me liquéfie instantanément, petit glaçon trop près du feu. Je m'y perds, entre le piquant de sa moustache et la douce agilité de sa langue.

Ses mains parcourent mes seins, mes fesses dans une caresse sans fin. Je n'ai pas le temps de sentir ce qu'il fait. Je ne sais pas où poser mes mains à moi, alors j'effleure son visage en me noyant dans sa bouche.

On tombe à genoux.

Il m'arrache mon T-shirt, et je lui retire aussi le sien. L'attache de mon soutien-gorge est dégrafée d'un doigt expert.

Je m'allonge sur le lit en le dévorant des yeux. Il me glisse un : « Tu es belle. » Le glacier scintille, il fait galoper les battements de mon cœur. Je l'aime tellement que je veux tout lui donner. Il peut tout prendre.

Je déboutonne mon jean. Il enlève le sien. Les deux pantalons se rejoignent au bout du matelas.

Je me sens moins assurée quand les baisers s'espacent et qu'il mouille un doigt pour le presser sur mon sexe. Je murmure : « C'est la première fois pour moi… » comme une supplique de tendresse, de lenteur. Il va me prendre pour une cruche. Il me répond avec un sourire : « Je m'en doutais. Ça va aller. »

Et il s'introduit, sans hésitation. Immédiatement. Lentement. Complètement.

Un couteau aiguisé dans un rôti ficelé. Cru. Je serre les dents pour ne pas crier. Une langue humide visite mon oreille. Ses mains tiennent fermement mes hanches, et le mouvement s'accélère. La lame scie profondément, tranche, et tranche encore. Je hurle à l'intérieur, le visage lisse et figé. Les yeux grands ouverts. Épouvantée. Éric est concentré, les paupières closes. La sueur perle sur son front. Il s'enfonce deux fois, plus profond encore, en râlant. Puis il s'écroule sur ma poitrine et me demande, triomphant :

— Alors, ma belle ?

Je m'entends répondre, très loin, à l'autre bout de l'immense cellule :

— C'était merveilleux.

Pourquoi je dis ça ?

Je suis prisonnière, momie de plâtre immobile, sous lui. La douleur est atroce. Je ne veux pas le perdre. Il s'endort contre moi, sa peau poisseuse contre la mienne. Je remonte le drap sur nous. Une gelée rose coule de mon sexe enflé, me strie les cuisses.

Je n'ose pas le déranger pour aller me rincer.

Je ne dors pas.

Les yeux écarquillés, le sexe hurlant, je pleure sans bruit.

C'est sûrement parce que c'est la première fois. La prochaine sera forcément mieux.

Je me blottis contre son corps. Pour que ça dure toujours.

Je n'ai pas envie qu'il remue, qu'il se réveille. Pas envie de croiser son regard. Je veux juste qu'on reste tous les deux, sans passé, sans futur, juste nous deux sur ce matelas, dans cette chambre tout au fond du sous-sol de la résidence. Les autres font tout un ramdam : il est l'heure d'aller en cours.

Et puis il commence à bouger, sortant du flou de la nuit. Son sourire luit dans la pénombre des volets clos.

— Bien dormi ?

On s'embrasse doucement. Il me caresse la joue.

— Je préfère y aller maintenant, sinon tes voisines vont raconter plein de trucs sur toi.

Je hoche la tête comme un automate.

Il s'habille et m'envoie un baiser du bout du doigt avant de refermer la porte sans bruit.

Je me lève au ralenti pour ne pas réveiller la douleur. Je colle. Dans les douches, mon reflet me regarde dans la lumière jaune du petit miroir à dix francs. Je scrute ses yeux, ses cernes, son visage. Je n'aperçois aucune différence avec l'Arielle d'avant. Elle m'annonce : « J'ai fait l'amour. » Est-ce que les autres verront un changement ? Moi, je ne remarque rien. Juste cette douleur.

L'eau de la douche est très chaude, je la laisse couler longtemps, comme une pluie. Je me savonne doucement, mais ça fait mal. Il y a peut-être des larmes sous la pluie.

II

Sweet Dreams

Françoise

Je m'acharne sur le calendrier des partiels de fin de trimestre. Il faut laisser le temps à chacun de corriger deux cent quarante copies, puis de tenir le conseil de classe des première année.

Bragand me gonfle, comme d'habitude. Il veut que l'épreuve de biochimie ait lieu le plus tard possible. Je le soupçonne de vouloir écraser les étudiants sous une masse de révisions. Heureusement que mon cher Pineau, sa couronne blanche en bataille, me sauve en acceptant toutes les permutations.

On frappe. Et allez, encore un prof qui va me faire tout changer... Je grogne un « ouais ! » emporté et m'arrête en pleine récrimination. Le plus dissipé des troisième année fait deux pas dans le bureau, indécis.

Intriguée, je pose mon stylo. Éric semble fébrile, les joues un peu roses. Il a peut-être couru dans l'escalier. Il est pourtant tôt pour lui.

Devant mon impatience, il lâche qu'il y a encore une chambre libre au quatrième du bâtiment A, son étage. Que cela intéresse quelqu'un qu'il connaît. Avoue qu'il s'agit d'une première année. J'évoque le nom de Bénédicte Hurtel que j'ai vue l'autre jour, sortant de sa chambre. Le regard d'Éric plonge. Il se dandine comme un petit garçon. Décidément, je crois que même en première année je ne l'ai jamais vu comme ça.

Il secoue la tête. Ce n'est plus elle. Enfin, ce n'est pas elle. Mais elle n'ose pas venir parce qu'elle est mineure et pense que je vais demander l'accord de ses parents.

Je reste interdite. Je passe mentalement en revue la liste des filles de première année. Sur les vingt, quatre mineures dont trois ne le seront plus fin décembre. Je scrute ses yeux qui virent au gris et replongent sur ses mocassins. Si ce n'est pas Arielle Perrot, je lui assure qu'elle peut venir me voir quand elle voudra prendre la clé. Je serai discrète.

Il se balance d'un pied sur l'autre. Ce n'est pas elle quand même ? Silence. Il ne se rend pas compte. À sa place, j'arrêterais ça tout de suite. Il relève la tête, cramoisi, et me fixe. Il semble sérieux, très sérieux. Je ne peux pas y croire…

Il avale sa salive et s'apprête à faire demi-tour. Il n'imagine pas la responsabilité que j'ai ! On marche sur la tête… Je parie qu'elle ne prend pas la pilule. Visiblement, il ne le sait même pas. Je suis tellement en rogne que je me lève et arpente le bureau comme Bragand il y a dix minutes. Éric recule. Je marque un temps d'arrêt. Il semble complètement changé. Bouleversé.

J'inspire un grand coup en m'asseyant sur le rebord de mon bureau. Il est hors de question qu'elle déménage officiellement du rez-de-jardin. Elle garde sa chambre en bas, avec le code. Un sourire incrédule fait son apparition au coin de ses lèvres.

Le code est un secret de Polichinelle. Mais il rassure les parents. Et pour la chambre au quatrième... Si cette histoire continue et que la petite Perrot veut se rapprocher de lui, je peux lui concéder un double non répertorié. Mais je ne veux pas d'embrouille. Et pas de souci avec les parents. Je compte sur lui pour être un peu adulte.

Il manque de m'embrasser. Cette fois, c'est moi qui me dérobe. Il clame des mercis à n'en plus finir en dévalant l'escalier.

Me voilà dans de sales draps. Si Marc Benoist apprend quoi que ce soit, je suis virée.

Arielle

Voilà deux semaines que j'ai déménagé mes maigres affaires au quatrième. Ça n'a pas pris une demi-heure. J'ai juste laissé le minimum pour ne pas paraître louche en cas de visite.

Juliette m'a prise sous son aile. On la repère de loin avec sa tignasse blond-roux et ses taches de rousseur. Elle se lève chaque jour à 7 heures pendant que l'étage fait la grasse mat' et prévient tout le monde en cas d'appel.

À part elle, je suis la seule fille. Tous les mecs sont plus ou moins dans le sillage d'Éric, et il y a même quelques musiciens qui tapent le bœuf avec lui tous les mercredis soir. Lui, à l'harmonica et au chant. Son pote d'Izzo à la batterie. Aussi, une guitare et une basse. Et, souvent, une groupie. À présent, la groupie, c'est moi.

Je ne mets plus les pieds en cours. Ça fait une éternité que je ne suis pas passée à l'étage de Mowgli.

Éric est un dieu en tout. Il doit être le meilleur client des magasins de disques et de BD. Je découvre des vieux Led Zep, Dire Straits, Stones. Il m'offre *Le Déclic* de Manara, un récit étrange où un petit boîtier a le pouvoir de déclencher le désir et le plaisir d'une jeune femme dénudée.

On chante ensemble les tubes de Police et de Téléphone en se grisant de vitesse. Éric a une voix qui monte très haut, exactement comme Sting. Quand je l'entends chanter *Roxanne* au volant, j'ai envie de mourir avec lui au prochain virage.

Éric veut devenir œnologue. Il a déjà pris des contacts avec la fac de Bordeaux pour l'an prochain. Mais il faut quand même qu'il valide sa troisième année ici, et c'est mal barré.

Chaque nuit, on fait l'amour dans sa chambre. Il se retire avant la fin. Je gémis plus bruyamment qu'avant, comme j'ai vu dans les films, pour qu'il ne s'inquiète pas. Parfois, c'est trop douloureux, alors je tombe dans les pommes pour que ça s'arrête. La première fois il s'est affolé, il s'est mis à cheval sur moi et m'a donné des claques pour me réveiller.

Il s'est renseigné. Ça arrive aux filles qui jouissent très fort.

Il m'offre une place pour le concert de Gainsbourg. Sur *Love on the Beat*, d'Izzo et lui poussent en chœur des râles féminins. Il se met derrière moi pour chanter « Je vais et je viens », son briquet vers le ciel, heurtant les boutons de son jean contre mes fesses. Je baisse le front devant d'Izzo et les inconnus qui s'esclaffent, mais je ne bouge pas.

Les gémissements de filles en train de jouir, c'est le grand jeu de la bande du quatrième. Le plus souvent, c'est Éric qui le lance, poussant des cris à propos de culottes toutes mouillées, d'un septième ciel dont je n'ai jamais vu la couleur.

Il évoque la copine de son pote de prépa, qui a été obligée d'avorter. Il a compris que je ne suis pas sous pilule. Comment je pourrais ? Je ne sais même pas où aller.

Il prend rendez-vous pour moi chez la gynéco de la petite amie. On y va ensemble, mais la doctoresse lui dit de sortir. C'est une femme assez jeune, très comme il faut, cheveux lisses mi-longs, rang de perles. Elle m'examine, ne voit rien de spécial, qu'est-ce que je voulais d'autre ?

Je reste un moment silencieuse, puis j'avoue que j'aimerais une ordonnance pour la pilule. Elle me trouve trop jeune, s'enquiert de ma consommation de tabac et fronce les sourcils devant ma réponse.

Je n'arrive pas à lui poser la question qui me taraude. Elle n'a pas l'air d'avoir beaucoup de temps. En murmurant, je lui demande s'il est normal que je n'aie pas de plaisir quand je fais l'amour. Elle se défile : tout est normal à l'examen. C'est forcément psychologique. Pas de son ressort.

Elle se lève en me tendant l'ordonnance et me pousse vers la porte. C'est Éric qui règle la consultation et qui va à la pharmacie chercher la plaquette de pilules.

Après ça, il me fait encore plus l'amour qu'avant.

Il y a des jours où je suis obligée de rester toute la matinée dans sa chambre, au lit, parce que je n'arrive pas à marcher. Ça fait glousser ses copains quand ils passent. Ils me prennent pour une nymphomane. Éric ne les détrompe pas. Et moi non plus.

Inès

Cela fait deux semaines qu'Arielle n'est pas rentrée. Aucune nouvelle, et nous sommes déjà jeudi. Pierre me répète que je m'inquiète pour rien.

Il y a ce numéro de téléphone, la cabine du foyer je crois. J'appelle deux fois, trois fois. Je laisse sonner une éternité. La quatrième fois, une voix traînante consent à répondre. Je demande Arielle Perrot, on me répond qu'on ne connaît pas. J'insiste, je précise. Il y a un soupir. Le jeune homme pose bruyamment le combiné, je l'entends s'éloigner et crier à la cantonade : « Qui a vu la nana d'Éric ? »

Mes oreilles bourdonnent. Je n'entends plus s'il y a encore quelqu'un au bout du fil. Des coups sourds dans mes tempes rythment l'attente interminable. Sur le même tempo, des pas finissent par se rapprocher du combiné.

— Allô ? Elle n'est pas là, elle est à la résidence. On lui dit de vous rappeler ? Vous êtes ?

C'est sa mère, petit con, pourquoi n'est-elle pas là ? Pourquoi ne téléphone-t-elle pas ? Peux-tu lui dire, à Arielle, qu'elle n'a pas le droit de me laisser comme ça sans me donner de nouvelles, sans me dire où elle est, comment elle va, si elle rentre bientôt ?

Je bafouille un « c'est sa mère… », et mon murmure s'arrête là. Je raccroche en entendant : « Quoi ? Qui ? » Je reste dans l'obscurité, près du combiné, longtemps. J'espère que le téléphone va sonner, que ma petite fille va me rassurer de son rire joyeux et raccrocher en disant : « À demain, Maman ! »

Dans notre chambre, Pierre finit un dossier pour son travail. Il demande si ça va sans relever la tête. J'ôte mécaniquement mes vêtements pour les plier un à un sur le dossier de la chaise.

Je regarde monter l'eau chaude dans la baignoire, assise sur le bord, incapable d'une pensée organisée.

« La nana d'Éric. » Ma fille, ma poupée sort avec un garçon, un homme sans doute, et ne m'en a pas parlé.

L'angoisse de devoir annoncer à Maman, et à Papa surtout, que je suis enceinte m'explose au visage.

Et si elle cherchait, elle aussi, à nous cacher, à se cacher, à me cacher la catastrophe que j'ai traversée avant elle ? Comment imaginer qu'elle puisse endurer cette épreuve à son âge, si jeune, tellement plus jeune que moi ?

J'ai tant souffert de ne pas pouvoir me confier à ma propre mère, de craindre sa réaction, et le rejet de Papa.

Je m'enfonce dans la chaleur bienfaisante du bain. La mousse au parfum synthétique de lagon envahit mes oreilles, mes narines. Je m'immerge complètement. Je voudrais me perdre dans cet océan cotonneux et ne plus jamais revivre ces moments de solitude, avec cette chose qui poussait dans mon ventre, cette chose qui me dépossédait de tout, de l'amour de François, de l'affection de Maman, du respect de Papa, de ma liberté toute neuve arrachée si durement à force de supplications, de cette petite chambre de bonne à Paris, et surtout des Beaux-Arts, où je me sentais enfin devenir moi-même : artiste, adulte, et reconnue comme telle.

Tout cela s'était envolé si vite une fois la vérité découverte, une fois mon ventre devenu subitement proéminent après sept mois. Est-ce que le pire n'avait pas été de désirer encore la présence de François après tout cela, après tout ce qu'il m'avait fait, après tout ce qu'il m'avait dit, d'avoir encore envie qu'il me prenne ?

J'entends, très loin, la sonnerie du téléphone, les pas de Pierre, sa voix étouffée, déformée par l'eau, ses réponses brèves, graves, posées. Je repense à sa manière de me sauver de mon attirance coupable pour François, de la prison protectrice de Papa et Maman, de ma dangereuse indépendance. Sa manière d'extraire Arielle, aussi, de son éducation laxiste d'enfant unique.

Il ouvre d'un coup la porte de la salle de bains. J'émerge en souriant pour qu'il ne s'inquiète pas.

— J'ai eu Arielle. Elle a une grosse angine. Elle reste encore à l'école ce week-end. Rien de grave. Tu as bientôt fini ?

— Oui, oui. J'arrive.

La porte se referme. Je me replonge en silence dans la mousse.

Rien de grave. Bien sûr.

C'est aussi ce que je disais à Maman.

Françoise

L’expression « comme un lundi » mérite bien son nom. Quand j’ai vu débarquer Marc Benoist dans mon bureau, je m’attendais à une conversation anodine sur le week-end, son habituelle complainte à propos de Bobonne qui n’a aucun goût pour les chasses de son mari, ce qui au fond l’arrange bien, les petites questions sur la crise de ma Lætitia, et le café tranquille avant la pause des élèves et des professeurs.

Je reconnais à peine mon élégant directeur. Rouge et échevelé, il déboule et plante les deux poings sur mon bureau. Son haleine de café au lait me donne la nausée.

— Qu’est-ce qui se passe avec ces première année ? Je n’ai jamais vu autant d’absentéisme en dix ans !

Comme tous les ans, il panique au moment du « creux ». En octobre, les examens sont encore un peu loin. Mais cette année le taux d’absentéisme est en effet record. Certains professeurs s'en sortent mieux grâce à leur réputation. J'essaie d'appeler mon directeur à la raison. En vain.

— Ce matin, une mère d'élève m'a téléphoné pour s'inquiéter de sa fille qui n'a pas mis les pieds chez eux depuis deux semaines. Et devinez quoi ? Elle n'est pas non plus apparue en cours depuis deux semaines ! Et elle est mineure ! Je joue ma tête, moi, là, Françoise. Tirez-moi au clair cette affaire avant midi.

Ma porte claque, faisant voler les pans de sa veste. Je reste figée dans la même position qu'à son arrivée. Tous les sarcasmes se sont envolés de mon esprit : sa chemise finement rayée qui commençait à sortir de son pantalon ne m'a pas arraché un demi-sourire. Je ne suis même pas tentée par le café de 9 h 50.

Si Marc apprend que j'ai donné une chambre à la petite Perrot au même étage qu'Éric Allard, je suis morte. À chaque menace d'exclusion, plainte pour tapage nocturne, son humour et son sourire ravageur effacent tout.

Mais, là, pas le choix.

Je prends mon trousseau de geôlière. Je traverse les couloirs du bâtiment principal en traînant les pieds. Bragand, dont la voix résonne, a laissé une porte de sa salle de cours ouverte, sans doute pour évacuer l'odeur de sa transpiration.

Le parking est plein, tous les étudiants sont revenus de week-end. Un retardataire en R5 fatiguée tourne désespérément à la recherche d'une place. Son conducteur me reconnaît et panique. Je devrais froncer les sourcils, mais je ne réagis pas. Je continue mon chemin vers l'escalier de la résidence.

Les trois bâtiments se détachent sur le ciel blanc d'octobre. Les teintes gaies d'il y a dix ans se sont fanées, la façade est maintenant striée de coulures foncées. Il va falloir penser à ravaler.

Sans espoir, je m'engage dans l'escalier qui descend au rez-de-jardin du bâtiment C. Le code ne sert à rien, une cale tient la porte ouverte. J'arrive devant la chambre numéro 1, celle qu'on a donnée à la plus jeune de l'école, et je frappe. Une fois, deux fois. Évidemment, elle n'est pas là. Pour la forme, je fais le tour de l'étage. Les étudiantes sont censées être en cours.

Une fille sort de la douche enveloppée de sa serviette, les cheveux dégoulinants, et trottine jusqu'à sa chambre en essayant de ne pas se faire repérer. Je l'apostrophe.

1, 2, 3… soleil ! Elle se fige et se retourne, prétexte une panne de réveil. Je reconnais Bénédicte Hurtel, une première année qui traînait avec Éric à la rentrée. Peut-être sa filleule de bizutage. Lorsque je lui demande si elle a vu Arielle Perrot, elle a un petit sourire mauvais, mentionne le quatrième étage.

À mon tour de baisser la tête.

Elle n'est pas dupe. Je la menace de la signaler à Marc Benoist si elle ne se dépêche pas.

Je monte pesamment les quatre étages de marches recouvertes de linoléum vert foncé, décollé par endroits.

Là aussi, il faudrait un coup de neuf. Les batailles d'eau dégradent les parties communes à une vitesse incroyable.

Le quatrième est désert. Pourtant, il n'est pas complètement silencieux, mon expérience me dit qu'il y a du monde. Par précaution, je vais d'abord frapper à la porte de Juliette Vigne. Elle m'ouvre, habillée et prête à partir.

À son regard, je comprends qu'elle ne s'attendait pas à me voir. Elle n'a cours qu'à 11 heures, et je le sais. Ses épaules se relâchent un peu. Quand je lui demande de me montrer la chambre d'Arielle Perrot, elle se raidit à nouveau. J'explique qu'elle ne vient plus en cours depuis quinze jours. Comme ce matin.

Juliette rougit et s'énerve. Assure que ce n'est pas faute de lui dire d'aller en cours. *Qu'on* le lui dit tous les jours.

Est-ce que nous allons rendre Éric responsable des absences d'Arielle ? Elle a parfaitement compris comment fonctionne Marc. Moi aussi, je me doute bien qu'il va se servir de la situation d'Arielle pour se débarrasser d'Éric. Mais est-ce que j'ai le choix ? Je lui demande juste où est Arielle, et elle me désigne la chambre voisine de la sienne. C'est bien le numéro que je lui ai attribué.

Je frappe. Nous devinons toutes les deux que cette porte ne s'ouvrira pas. Je me retourne lentement vers l'autre bout du couloir. Juliette reste devant sa chambre, les bras ballants.

Je toque doucement à la porte d'Éric, me racle la gorge, m'annonce et exige qu'il ouvre.

Un silence embarrassé, puis sa voix endormie s'étonne, il n'a pas cours ce matin. Arielle, si. Des chuchotements traversent le battant. Il tente de me faire croire qu'elle n'est pas là.

Au bout du couloir, Juliette n'a pas bougé, tendue vers nous. Je décide de m'adresser à Arielle, d'évoquer la gravité de l'appel de ses parents. À nouveau des murmures, puis un peu de remue-ménage. La porte s'écarte sur une chambre encombrée de deux matelas posés au sol, jonchée de cendriers pleins.

Arielle, pâle, les traits tirés, est couchée sous une couverture. Éric, un T-shirt taché enfilé à la va-vite, tient la porte, les cheveux en bataille. Il assure qu'elle a une angine, et que c'est pour ça qu'elle n'est pas en cours.

Je l'entraîne vers la cuisine. Est-il à ce point inconscient ? Une angine, ça ne dure pas quinze jours. Il a intérêt à se débrouiller pour qu'elle retourne à sa chambre et qu'elle reprenne les cours. Sinon, Marc Benoist aura sa peau.

Je le plante là et repasse devant la chambre où Arielle est toujours au lit. Elle me balance un regard de défi. Malgré les cernes, elle n'a pas du tout l'air malade. Juste très fatiguée, j'imagine bien pour quelles raisons. Dire qu'elle n'a qu'un an de plus que Lætitia !

Je dévale l'escalier sans que la jeune fille ait bougé d'un cheveu.

J'ai tenté de la sermonner, mais bon sang, je déteste vraiment ça !

Je retourne quand même au rez-de-jardin. Plus personne, pas un bruit. Après avoir vérifié une dernière fois que le couloir est désert, je tourne la clé dans la serrure de la porte numéro 1. La pièce sent le renfermé, il n'y a aucun drap sur le matelas. Rien ne traîne, peu de chose dans le placard. Personne ne vit ici.

Arielle

J'observe les pans de peinture moisie qui se détachent du plafond. Je me concentre sur eux pour ne pas sentir la boule qui m'oppresse le thorax, bien plus que ma gorge à vif après l'opération, bien plus que les doléances de mes parents qui ne font que m'enfermer dans ma carapace de verre.

« Phlegmon de l'amygdale. Infection barbare », a dit le chirurgien, provoquée par une angine mal soignée et une grande fatigue.

L'opération du phlegmon de l'amygdale est une pause, douloureuse certes, mais une pause quand même dans le tourbillon des événements. Je peux me calfeutrer dans cette chambre d'hôpital pendant de longues heures, dormir pour de vrai ou pour de faux, quand il y a des visites. Faire comme si rien ne s'était passé quand les parents ont débarqué à la résidence.

Juliette est arrivée, hors d'elle, essoufflée, tambourinant à la porte d'Éric. Mes parents me cherchaient au rez-de-jardin.

Éric était parti en cours, pour une fois. Je comatais, les jambes de part et d'autre du matelas comme d'habitude pour calmer la douleur. Il a fallu enfiler fissa le premier jean à portée de main et descendre le plus vite possible malgré les frottements, ouvrir la porte de ma chambre sous le feu de leurs questions, laisser Maman aérer, m'allonger, groggy, sur le lit pendant qu'elle faisait ma valise sans trouver mes affaires.

À la pause, Éric s'est pointé, inquiet, la clope au bec, m'apportant un café. Maman lui a intimé d'un ton glacial d'éteindre sa cigarette. Le sourire d'Éric s'est évanoui sous la douche froide.

La fête était finie, on allait m'enlever à mon amour. Je croyais voir ses yeux clairs sur les vitres tandis que les panneaux de l'A13 défilaient sous le crachin. Aux questions et remarques sur Éric a succédé le silence bienfaisant de mon sommeil factice.

Je ne sais même pas si on est passés par la maison avant d'atterrir aux urgences de l'hôpital de Versailles.

Papa, à l'énoncé du phlegmon de l'amygdale et de la « grande fatigue », m'a longuement toisée, les lèvres serrées. J'ai baissé la tête. Dire que personne ne me croyait.

Maman est entrée dans ma chambre d'hôpital les traits tirés, les cils mouillés. Cette fois, pas de questions à choix multiple. Pas de questions du tout, en fait. Elle ne m'a pas embrassée, s'est assise à côté de mon lit. Des gouttes ont roulé sur ses joues, et elle est ressortie. Papa est resté, m'a demandé si je savais ce que Maman avait trouvé dans mon sac. Le phlegmon de l'amygdale, enfin la cicatrice qui l'a remplacé, ne m'a pas laissé le loisir de répondre, ce que je n'aurais pas fait de toute façon.

Comment avais-je pu croire mes affaires en sécurité ? J'aurais souhaité me confier que je n'aurais jamais pu lui en apprendre plus que ce qu'elle devinait déjà à force de fouiller dans mes placards.

Ma plaquette de pilules avait été découverte lors du « rangement » de mon sac. Depuis, Maman pleurait en continu, et bien sûr elle n'avait pas dormi. Papa me fixait.

J'allais à nouveau perdre le peu de liberté que j'avais.

Pendant que Maman devait geindre dans le couloir de l'hôpital ou la voiture, Papa m'a fait un sermon sur l'amour véritable et la sexualité. M'a demandé si j'avais une idée du temps qu'il avait attendu, lui. J'ai répondu « oui », ça l'a pris de court. Je n'en savais rien, mais il est bien du genre à s'être réservé pour Maman. Qui n'a pas traîné, elle. Et pour cause. Il m'a demandé si *c'était bien*. J'ai eu le souffle coupé par son indiscrétion. Évidemment que c'était bien ! Ma réponse a fusé avant que je puisse réfléchir. C'était ce que je voulais, c'est tout. Et ça ne le regardait pas.

Je me suis retournée dans mon lit. Je voulais voir Éric, le reste ne m'intéressait pas. D'ici à ce qu'il vienne, je dormirais.

Après des jours qui me paraissent des semaines, des lettres chaque jour, Éric est enfin autorisé à me visiter. Il est tout emprunté, et mes parents ne sortent pas de la chambre.

Qu'est-ce qu'ils craignent ? Qu'on fasse l'amour, là, pendant qu'ils piaffent dans le couloir ? La gêne finit par les faire dégager.

On se serre. On boit nos larmes. On s'est manqué.

Il m'apprend que mes parents ont appelé les siens pour connaître ses intentions. Papa leur a dit qu'il avait fait Mai 68. Première nouvelle. Est-ce qu'ils me prennent comme prétexte à un règlement de comptes politique ? La petite famille versaillaise bien comme il faut contre la bourgeoisie décadente de gauche ? Éric a pleuré devant ses parents. S'ils veulent qu'il m'épouse, il le fera.

Je le dévisage, incrédule, le cœur battant.

Me marier à seize ans… quand même pas. Même avec lui.

Il est fou. Il doit vraiment m'aimer.

Mowgli

L'entrée d'Arielle au cours de Bragand est remarquée.

— Ah ! vous voilà enfin, Perrot ! Je pensais que vous aviez oublié mon existence.

Ça glousse du côté des fayots. Elle passe devant lui sans un mot et s'assied à une table isolée près de la porte. Je ne lève pas la tête.

Le prof arpente la salle et s'arrête brusquement près d'elle.

— PERROT ! hurle-t-il. Ce ne sont pas des petits mickeys qu'on vous demande de dessiner, c'est le cholestérol !

Elle sursaute et rentre la tête dans les épaules. Je croise un instant sa mine apeurée, à l'autre bout de la vaste salle. Autour, les autres la méprisent. Je replonge le nez sur ma feuille et recopie rapidement la formule du cyclopentano-perhydro-phénanthrène.

À la fin du cours, je m'approche.

— Tu viens au RU ? Ça fait longtemps…

Elle hoche la tête, reconnaissante.

J'observe Arielle engloutir silencieusement son repas. Les tables sont pleines, nous sommes cernés, ses yeux aussi. Elle garde la tête baissée. À mes questions sur son hospitalisation, elle répond par monosyllabes. Aucun signe d'elle, je m'inquiétais. Elle paraît étonnée, s'arrête un instant de mâcher et finit par me sourire. Pas de son grand sourire comme il y a un mois ou deux, non. Un sourire contrit, craintif presque, qui fait monter la colère dans ma gorge. Faut qu'on s'explique, là, faut qu'on s'échappe d'ici.

Je lui propose de flâner un peu dans les rues de la ville nouvelle, avec ses dalles désertes et son béton strié par l'humidité, mais, au moins, vide des autres étudiants.

Je pensais qu'on était amis, qu'elle me le dirait si ça n'allait pas. Elle traîne, butée, sans me répondre. Murmure qu'elle n'a rien eu de grave.

— Tu me prends pour qui, Arielle ? Il n'y a plus rien qui compte pour toi, il n'y a plus qu'Éric, c'est ça ?

— T'es jaloux ou quoi ? Esther t'a plaqué ? Je suis heureuse avec Éric ! Alors tu me lâches…

À grandes enjambées, elle essaie de me décourager de la suivre. Je la rattrape, lui saisis le bras et la retourne vers moi d'un coup sec.

— Arielle, ouvre les yeux. Ça va très bien avec Esther. Tu ne vois pas qu'Éric te coupe de tes amis ? Qu'il va te jeter comme toutes les autres avant toi ? Tu penses que tu peux le changer ? Grandis un peu !

— Je l'attendais celle-là. Mais en fait tu es exactement comme mes parents, hein, Mowgli ? Si, il a changé. Et il a changé pour moi.

Je prends une grande inspiration et décide de ne pas m'énerver davantage.

De retour au bahut, on prend vite fait un gobelet au distributeur du hall juste avant le cours de Pineau. Elle se pose ostensiblement à deux tables de la mienne.

Ses phrases continuent à remuer en moi.

C'est certain que ça ne va pas fort avec Esther. Elle ne répond plus qu'à une lettre sur deux. La dernière fois qu'on s'est adressé la parole, ma carte téléphonique agonisait. La conversation a coupé au milieu d'une dispute à propos des mecs super intelligents et super cultivés qui l'entourent. J'avais envie de défoncer la cabine du foyer. Mais il y avait du monde, et de toute façon je suis trop lâche, alors je suis resté là, appuyé contre la structure en forme d'oreille géante.

Nous ne tenons plus qu'à un fil de téléphone.

Est-ce qu'Arielle aurait vu juste ?

Est-ce que son visage de petite fille et ses manières gauches de grande perche me touchent plus que je ne veux l'admettre ?

Elle me tourne le dos, concentrée sur ses notes, attentive pour une fois aux envolées de Pineau. Ou est-ce un moyen d'éviter mes regards insistants ?

Pour tous les mecs de ma promo, elle est la fille facile prête à se taper le premier venu et qui a fini par mettre le grappin sur la star de l'école. Éric : shit et whisky à volonté, le bon rock de ses imports, sa barbe de trois jours et son regard rieur. Il a l'air plus vieux, plus mâle que nous tous réunis. Comment est-ce qu'elle aurait pu lui résister ?

Qu'est-ce que je suis, moi, dans l'ombre d'un tel astre à facettes ? Un paysan mal dégrossi, avec mon vieux pull qui sent le feu de cheminée, ma tignasse et mon aversion pour l'alcool.

Le cours touche à sa fin, Pineau glisse une lourde allusion à l'importance de la loi de Poisson. Message reçu, il va falloir que je rattrape ce cours.

Dans le brouhaha des chaises, je m'éclipse en bousculant des corps mous. Pas envie qu'elle perçoive mon trouble.

Arielle

Ce matin, je me lève dans une maison fantôme, celle de mes grands-parents. Exceptionnellement, Mamounia ne m'a pas réveillée pour la messe, et Sophie dort encore.

Je descends furtivement le grand escalier et me retrouve devant le bureau de Papy. Cette pièce mystérieuse qu'il m'interdisait, petite.

La porte ne grince pas. Je m'agenouille devant le meuble, là où je sais que Papy garde toutes ses photos. Elles ne sont pas dans des albums comme à la maison, mais classées militairement dans des dossiers suspendus, un pour chaque enfant, une grande enveloppe en kraft pleine de clichés noir et blanc, les plus anciens sur du papier épais, mat, aux bords crantés.

Je sors celui de Maman et j'étale les photos sur le parquet. Le même air perdu que moi sur les photos d'enfant, petite blonde au regard vague. Puis un grand échalas de garçon manqué, coupe à la Jeanne d'Arc, jouant des coudes au milieu des nombreux frères et sœurs. Un cliché d'elle, adolescente, cheveux châtains à présent, emprisonnés dans un fichu en Liberty, mais avec un air sombre, le front barré, devant des rochers noirs. Enfin, une photo où elle tient un bébé chauve et joufflu, hilare, dans ses bras graciles et gauches de jeune maman.

Tout serait si simple si on était juste restées toutes les deux, elle, la mère-enfant, riant de mes bêtises, fumant encore en cachette de ses parents, et moi sa copie en miniature.

Elle veut m'obliger à passer tous mes week-ends à la maison. Pour que les autres étudiants s'amusent sans moi pendant que je me tape ses pleurnichements et les sourcils froncés de Papa ?

Ce vendredi, devant la cabine téléphonique de la gare, alors que je m'apprêtais à appeler la maison, c'est le numéro de mes grands-parents que j'ai composé.

Ma douce grand-mère, d'abord surprise, m'a écoutée attentivement. Je suis comme sa petite dernière, arrivée trop tôt pour ma mère, et donc toute à elle, à ses câlins, à ses comptines surannées de fille noble de province.

Dix minutes plus tard, en accord avec Maman, j'ai repris le train en direction de Versailles. Pas vers la liberté, non. Cela aurait été trop… Mais vers la vaste demeure poussiéreuse que j'ai habitée les trois premières années de ma vie. Vers les tapis sur lesquels je me suis roulée pour jouer aux petites voitures, vers les placards où je me suis cachée, dans ce château imaginaire où j'étais la seule princesse, entourée de ma cour d'oncles et tantes adolescents voués à ma cause.

Il n'y a plus que Sophie, ma petite tante, qui vive encore là, oscillant entre un statut d'étudiante tardive et de journaliste pigiste débutante. Désargentée dans les deux cas, selon Maman. Sophie, trop grande pour être ma compagne de jeux, mais assez jeune pour tenir un rôle de grande sœur, et toujours prête à me consoler.

À peine arrivée, je lui ai sauté dans les bras avec une joie non feinte. Prenant une mine de conspiratrice, elle a tenté de m'entraîner dans sa chambre en me demandant qui était ce fameux petit copain.

Les nouvelles vont vite.

Je n'ai pas demandé à sortir. Inutile de me fatiguer. Maman leur a fait promettre de m'en empêcher. Et puis, ce week-end, tout le monde est resté à l'école pour la fête sportive organisée par les étudiants. Éric aussi. Éric surtout, qui anime la boum, ouverte à tous.

Je me suis pelotonnée dans un plaid aux pieds de Papy et Mamounia, devant la télé, me laissant bercer par le dialogue de Bernard Pivot et Jean d'Ormesson, ponctué d'exclamations et de commentaires de mes grands-parents.

Dans le bureau sombre de Papy, le dossier suspendu qui porte le prénom de Maman contient une seconde enveloppe de papier kraft. À l'intérieur, des lettres.

Je l'ouvre, je lis plusieurs fois la première pour être sûre de bien comprendre. C'est la copie d'un courrier de Papy à un certain François Berneuil. Les mots dansent devant moi. Ils exigent « réparation du préjudice subi par Inès et sa fille, Arielle », ils menacent. Des coups sourds me transpercent la poitrine.

Les autres papiers sont des lettres d'insultes envoyées au même personnage. Et ce personnage, je le comprends en relisant plusieurs fois les lignes sèches qui se brouillent, c'est mon père.

Le nom de François Berneuil infuse lentement mon inertie. Je reste agenouillée, les courriers et photos dispersés autour de moi, sans réagir. Soudain, des pneus crissent sur le gravier de la petite allée du garage. Dans un sursaut, je range précipitamment les lettres dans l'enveloppe, mais je n'ai pas le temps de faire disparaître les photos étalées sur le parquet. Papy déboule dans son bureau. Il mugit, m'accuse de fouiller dans ses affaires, m'envoie enfiler une tenue correcte.

Je m'exécute, gravis le grand escalier en m'accrochant à la rampe en fer forgé, au bord de l'évanouissement. Je croise Sophie qui émerge, ébouriffée, de sa chambre en bazar, et je cours me pelotonner sur son pouf en poire. Tout plutôt que de m'habiller.

— Qu'est-ce qu'il y a ? T'as croisé un fantôme ?

Le silence lui répond d'abord. Je peine à retrouver la parole. Un murmure finit par sortir.

— J'ai découvert le nom de mon père dans les papiers de Papy.

Les mots, sur mes lèvres, deviennent réels.

C'est donc vrai, ce que j'ai lu. Deux grosses perles roulent au bord de mes cils, je ne les ai pas senties venir.

Comme si je ne comprenais que maintenant.

Elle ferme aussitôt la porte de sa chambre et s'assied à côté de moi. Je lui livre le nom de François Berneuil. Elle ouvre grand la bouche, puis penche la tête, cherche dans ses souvenirs. Après réflexion, elle aurait dû y penser toute seule. Elle voit une ressemblance avec Claire, sa dernière fille. Elles étaient amies, jouaient ensemble sur la plage en vacances. François Berneuil était marié, père de six enfants. Son aînée a le même âge que Maman.

Sophie court chercher le *Bottin mondain* des grands-parents. Elle est sûre qu'il y est. Elle revient avec un lourd volume de la taille d'un dictionnaire.

Sa date de naissance y figure. Il n'a que cinq ans de moins que Papy. Il est peut-être grand-père, d'ailleurs. Il y a aussi les noms et les dates de naissance de ses enfants, dont deux plus jeunes que moi, d'un second mariage. Je suis perdue.

Sophie me tend une feuille sur laquelle je note l'adresse, le numéro de téléphone, dans le nord de la France. Me demande si je vais le contacter.

Je n'en sais rien, j'ai envie de dormir, de retourner m'enfouir au lit et de tout oublier. Comme il m'a oubliée.

Mowgli

Je suis sur les genoux. Ce week-end est passé à une vitesse... Dommage qu'Arielle ne soit pas restée. Enfin, ça m'aura permis de mieux connaître les autres mecs de ma promo. Avec Vincent, le grand bassiste timide avec qui je joue, on était en charge de l'organisation du parcours ados. On s'est activés dès 6 heures ce matin à disposer des barrières métalliques tout le long du parcours de la course de rollers.

Françoise Martin et sa fille, une petite brune aux yeux clairs, étaient là avec deux autres lycéennes, équipées de leurs rollers tout neufs. Elles tranchaient au milieu des jeunes de la ville nouvelle, qui avaient dégotté de vieilles paires de patins à roulettes. Elles étaient les plus grandes de la course des ados, on aurait pu les prendre pour des étudiantes.

Éric et son copain d'Izzo se sont approchés en sifflant. J'ai halluciné. Françoise Martin a vaguement fait mine de les réprimander, et ils ont fini par rire tous ensemble.

Les trois gamines n'en ont pas perdu une miette. La fille de Françoise Martin a supplié sa mère de la laisser venir à la fête, et Éric a proposé de la ramener.

Quand la gamine s'est vautrée dans un virage, il est allé jusqu'à bondir près d'elle et l'a soignée avec un gros sachet en plastique rempli de glaçons, pendant qu'elle le lorgnait par en dessous.

On était encore au rangement des jeux quand la fête a commencé. À notre arrivée, le foyer était déjà plein à craquer.

Les troisième année se chargeaient de la soirée, une bonne partie tenait le bar. Exceptionnellement on pouvait commander à manger. Ce n'étaient que des pizzas et des jambon-beurre, mais ça représentait un progrès énorme par rapport à nos boums du jeudi soir. Un tas de jeunes de la ville étaient là, déjà un peu défoncés à la bière et au shit, dont la fille de Françoise Martin et ses copines, trop fraîches pour être des étudiantes de première année.

L'une d'elles dansait avec d'Izzo, qui la collait de près, ses longs doigts frôlant les hanches qui se balançaient au même rythme que ses cheveux. Éric trépignait, large sourire comme à son habitude, derrière les platines. Son regard balayait la piste en s'arrêtant souvent sur la petite brune aux yeux aussi clairs que les siens. La gamine pouffait à côté d'une grande blonde frisée, puis elles ont rejoint la première fille et ont commencé à danser toutes les trois, pile sous la boule à facettes, comme si on était passé à côté du tableau vivant.

Vincent et moi, on a échangé un regard résigné. On est allés se prendre un verre au bar, jus de tomate pour moi sous les remarques d'usage, et Vincent, une Kro. Éric avait calibré sa musique pour plaire aux lycéens. Moins de Police, plus de Madonna.

Hurlant pour couvrir les vocalises de Kim Wilde, on a discuté avec Vincent d'une possible reprise de Bérurier Noir pour la prochaine scène ouverte. Pendant que je m'imaginais les étudiants pogotant à la place des déhanchements sirupeux qui encollaient la piste, j'ai eu la brève vision, sous la boule à facettes, de la brunette enlacée par Éric qui lui roulait une brouette entière de pelles. Ça m'a scié. Vincent a suivi mon regard et s'est gratté la tête. Éric les prenait au berceau, maintenant ? Est-ce qu'Arielle allait rester avec lui ? J'espérais surtout qu'elle comprendrait enfin. J'ai eu envie de me réjouir, mais je n'y suis pas arrivé. La désillusion à venir d'Arielle, je ne savais pas comment gérer. Je n'allais certainement pas profiter de la situation pour me rapprocher d'elle. En plus, elle n'aurait pas voulu de moi. Et puis… j'ai pris une grande inspiration pour me remettre les idées en place. Il y avait Esther. Je ne pouvais pas me résoudre à la perdre. Je me suis déplié d'un bond.

— J'en ai assez vu. Je me casse. Tu fais quoi ?

Arielle

Toute la journée de dimanche, j'ai trituré le billet portant l'adresse et le numéro de téléphone dans la poche de mon jean. Juste pour vérifier qu'il était encore là, avec sa douceur de papier à grands carreaux du lycée.

Le week-end touche à sa fin.

Sophie me claque la bise en guise d'adieu. Il a bien fallu que je lui en raconte davantage sur ce fameux Éric de six ans de plus que moi. Pas de détails, je n'avais ni l'envie ni le courage de lui dire combien je suis nulle avec lui, combien l'évocation de son regard, sa bouche, ses mains, sa voix, me provoque un délicieux frisson dans le ventre.

Mamounia m'étreint longuement et me fait promettre de prendre soin de moi, « vraiment », appuie-t-elle.

Sans un mot, Papy jette mon sac à dos dans le coffre avant de tourner nerveusement les clés de la petite Peugeot bleue. Il m'accompagne à la gare. Une fois au volant, il desserre les dents pour laisser sauter la soupape. Le garçon avec qui je sors, ce n'est pas le meilleur choix pour moi. Est-ce que je connais son passé ? Est-ce que je crois que je suis la première ?

Je laisse passer un ange ou deux, le temps de me faire à l'idée gênante que mon grand-père sait tout, qu'il est en train de me parler de ma vie sexuelle et que je n'ai pas d'autre choix que de lui répondre : « Oui, je sais, je ne suis pas la première. Mais j'espère bien être la dernière. »

Mon sourire confiant éteint en lui toute répartie. Il préfère ruminer les paroles qu'il aurait pu m'asséner, ou ce qu'il pourrait rapporter à Mamounia sur cette conversation, sur cette petite idiote qui ne vaut pas mieux que sa mère au même âge.

Le voyage me semble interminable, je m'abîme dans l'excitation de retrouver Éric et de lui raconter mes troublantes découvertes. Lorsque le train s'arrête en grinçant j'en saute joyeusement et cherche la 205 GTI d'Éric sur le parking, mais il est désert.

Je déboule en sueur au quatrième, croise Juliette qui me dit à peine bonjour, tourne les talons et repart à vive allure. Elle aurait oublié quelque chose. Quand je débarque au bar du foyer, quelques rumeurs s'éteignent, et tous les mecs de mon étage me font face, silencieux. Je m'avance vers Éric, qui n'a pas cillé, accoudé au bar devant une bière, clope au bec. Même si le goût de la Kro me fait horreur, je l'embrasse tendrement, serre contre moi son buste inerte.

Il m'entraîne au-dehors. Écoute, sans un mot, mes paroles saccadées, excitées. Fixe, l'œil hagard, le bout de papier que je déplie. Il doit être fatigué par le week-end.

Une fois à l'étage, il ne me rejoint pas devant sa porte, mais s'arrête à l'entrée du couloir, face à la mienne et à celle de Juliette.

— On va dans ta chambre, plutôt.

C'est bizarre, ma chambre n'en a que le nom, il n'y a qu'un matelas par terre, mon sac à dos, quelques habits dans le placard parce que celui d'Éric ne suffit pas pour nous deux. Je tire la clé de ma poche et ouvre en l'épiant à la dérobée. Depuis mon arrivée, je n'ai pas croisé son regard. À peine entré, il claque la porte derrière lui et reste ainsi, campé face à moi.

— Écoute, Arielle, je suis désolé mais je ne t'aime plus. Il faut que tu récupères tes affaires.

Je m'écroule sur l'unique chaise de la pièce, incapable d'aligner trois mots.

— Mais… ce n'est pas possible, Éric ! Tu m'avais dit…

— Ouais, je sais, je t'ai dit plein de trucs. Je les pensais, en plus. Mais je ne suis pas fait pour rester avec une fille, tu vois, je m'ennuie. Ce n'est pas ta faute, c'est comme ça, c'est moi.

J'enfouis la tête dans mes mains sans même remarquer sa sortie.

Je finis par m'endormir tout habillée sur le matelas, le visage bouffi et collant. Seule.

III

Every Breath You Take

Arielle

Trouver un garçon qui se rase. Je dévale l'escalier du bâtiment A, à la recherche d'une lame. Pas Mowgli et sa barbe d'homme des bois. Il me collerait une grande claque, il a des réactions débiles. L'autre jour, quand il a trouvé que j'allumais un peu tôt ma première cigarette, il a vidé l'intégralité de mon paquet par la fenêtre.

Je croise d'Izzo qui monte tranquillement dans sa chambre. Je ne comprends pas qu'Éric s'éclate autant avec lui, ça doit être comme dans tous les duos, il faut toujours un con pour mettre en valeur le moins con des deux. Ça y est, je me remets à avoir de l'eau dans les yeux.

Comme si je pouvais compter sur son aide, je lui demande s'il peut me prêter un rasoir ou une lame, maintenant. Il s'arrête, interdit : pour quoi faire ?

Je scrute son regard absent, esquisse du doigt un trait sur mon poignet. Il hausse les épaules, ça ne va pas, la tête…

Il grimpe quatre à quatre l'escalier, soudain affolé. J'ai intérêt à tracer. Subitement, les violons de *La Jeune Fille et la Mort* dévalent les marches avec moi. Je m'engouffre dans le bâtiment B, celui de la descente en rappel. Ils ne me laissent plus le choix.

La première fois, je n'avais pas aimé ce quatuor à cordes. Éric, fils de mélomanes, n'aurait pas dû me faire écouter ces notes aiguës, dramatiques, oppressantes. Mais j'ai envie de serrer la jeune fille, là, maintenant. J'ai cette boule qui m'empêche de vivre, là, maintenant. Juliette a fini par cracher le morceau, et son venin, ce matin. Il a fallu que ce soit elle qui frappe pour s'assurer que j'étais dans la chambre. Quand je lui ai ouvert, fripée dans mes habits de la veille, sale et décoiffée, elle m'a toisée. Au moins, j'étais vivante. Bon. Voilà. Éric était passé à la suivante, je devais me douter que ça finirait ainsi. C'était comme ça. Je pouvais être fière, j'avais battu le record depuis qu'il était dans l'école. Mais la nouvelle est plus jolie que moi. La fille de Françoise Martin, il fallait le faire… Juliette m'a dit de me laver et de filer en cours, comme si elle était ma mère.

Je suis restée face à la porte qu'elle avait bruyamment claquée.

Comment respirer encore, la poitrine si lourde des violons qui, maintenant, à chaque bref coup d'archet, me poussent à grimper les barreaux de l'échelle de secours, à pousser la trappe de sécurité, jamais verrouillée, le cadenas régulièrement cassé par les amateurs de soirées bières en terrasse.

Les violoncelles vibrent, plus graves. Je me rétablis, le cœur battant, sur le toit. Je m'approche du rebord, parmi les cadavres de Kro et les mégots de joints, contemplant à mes pieds le parking indifférent du lundi matin, les minuscules silhouettes des étudiants affairés, dont les voix s'évaporent vers moi, les commentaires acides, les ragots du week-end. Je crois percevoir mon prénom, celui d'Éric, et même celui de la secrétaire de Benoist. C'est sûr, tout le monde sait, tout le monde rit. Tout le monde se fout de moi.

En bas, ils seront sciés quand je vais me jeter, en plein sur les marches de la résidence, disloquée, je serai bien obligée de les éclabousser de mon sang, de mes os et de ma moelle, ce sera ma vengeance. Je devrais attendre qu'Éric sorte pour m'écraser devant lui, qu'il soit recouvert de mes restes.

Éric, Éric, Éric. Comment tu as pu me faire ça… ? Je suis celle en qui tu lisais à livre ouvert, sans filtre et sans défense, tu pouvais tout m'apprendre, les cigarettes par paquets, le pur malt cul sec, le coït interrompu, les vocalises de Sting, les jambes écartées des filles de Manara, et aussi, et surtout, *La Jeune Fille et la Mort*, que tu tenais absolument à me faire écouter, ce soir-là, alors que j'étais encore tremblante et glacée de ton étreinte, et que j'espérais que tu ne replongerais pas tout de suite dans ma chair à vif.

Je m'agenouille au bord du toit. Personne ne me remarque. J'observe les fourmis qui parcourent en tous sens les dalles mécaniques du parking, affolées par le tic-tac de l'heure qui passe et le cours qui va bientôt commencer. Mes larmes se mêlent à la pluie fine sur les marches en béton, personne ne les reçoit, et je ne trouve pas le cran de me jeter dans ce vide qui me libérerait enfin. Je n'ai plus le pouvoir de disposer de ma vie de déchet, jeté après usage.

Je rebrousse chemin, le cœur au bord des lèvres, je redescends l'échelle de sécurité en tremblant, j'espère qu'ils sont tous en cours, j'essaie de me faire discrète, je voudrais ne croiser personne, et encore moins Éric, surtout personne.

Je me suis presque hissée au quatrième quand il surgit dans mon dos, m'attrape, me broie le poignet, me tire dans ma chambre et claque la porte, furieux.

— C'est quoi cette histoire de lame de rasoir ? T'es cinglée ou quoi ?!

Mon silence lui répond. Qu'est-ce qu'il peut comprendre de ce qui m'anéantit ? Ce champ de ruines qu'il a laissé derrière lui, il ne le voit pas.

Inès

C'est bientôt Noël.

Diane et Baptiste rentrent de l'école les joues roses, impatients de me montrer les décorations qu'ils ont bricolées. Cela ne dérange pas les enseignantes de l'école communale de célébrer le Père Noël et le sapin, du moment qu'on ne parle pas du petit Jésus. Diane a quand même découpé un ange. Elle a bien dû trouver un modèle en classe, mystère de la laïcité.

Les enfants trépignent d'impatience de voir débarquer Arielle après ces deux semaines d'absence. Ils ne l'auront aperçue qu'un dimanche au sortir de l'hôpital et avant son retour à l'école. Ils ont été tellement déçus qu'elle ne revienne pas le week-end dernier. Je lui en ai voulu, plus pour la douche froide qu'ils ont reçue que pour ma colère et mon inquiétude, qui ne veulent pas trouver de repos. Pourtant, Arielle était sous le contrôle de Papa et Maman.

C'est l'Avent qui débute. La mythologie familiale refait surface à l'approche des fêtes, de la date anniversaire de mon retour à Versailles, sans que j'aie pu nier ce ventre soudain proéminent, ses causes et ses conséquences.

Les cris, d'abord.

L'air sévère de Papa qui me découvre sur le seuil de la grande maison. Moi, sa fille préférée, celle qu'il a sauvée de la mort avec une claque magistrale, avant d'enlever le cordon de mon cou.

Sa claque, puissante comme celle qui m'a retiré le bleu du corps à la naissance, violence irrépressible et nécessaire, ma seconde naissance. Cette claque qui m'a recollé le cerveau en un seul morceau. Celle qui m'a fait comprendre. Oui, j'ai un ventre. Oui, vous le constatez. Il faut donc que je l'admette moi-même. Oui, je suis enceinte. Oui, je vais être mère.

Enceinte ? Mais de qui ? La troisième claque part, et mon mutisme lui répond.

Maman qui accourt, alertée par les hurlements de Papa. Je tremble sur le seuil, emmitouflée dans mon manteau trop petit, cachée par mon bonnet, les joues rouges mais plus à cause du froid. Maman qui s'interpose, me toise, comprend, et m'exfiltre enfin de la colère de Papa en intimant le silence à mes cinq frères et sœurs, allez, rentrez dans vos chambres, il n'y a rien à voir.

Alors qu'ils se faisaient une fête de mon retour, après trois mois d'absence, je me rends compte des années plus tard, même s'ils étaient plus grands à l'époque, qu'ils avaient le même espoir sans cesse déçu, la même admiration inconditionnelle qu'ont Diane et Baptiste pour leur grande sœur chérie.

Mes cris étouffés rebondissent contre les murs de ma chambre sombre inoccupée, où le sage crucifix au-dessus du lit a laissé se dessécher sa branche de buis depuis le printemps. Depuis cette réception où François m'a entraînée à l'abri des regards pour qu'on aille un peu plus loin. J'y étais prête, oui, je le voulais. Mais pas comme ça, pas en vitesse. Pas cachés. Pas avec sa femme à côté qui le cherchait dans la salle de bal. Une première fois au goût de café froid sur le coin d'une nappe pleine de miettes, même si elle a été effacée ensuite par tant d'autres fois plus douces et plus belles.

Maman s'assied sur mon lit, bien droite, elle ne descendra pas préparer le dîner pour ses six enfants et son mari au bord de l'apoplexie tant que je n'aurai pas livré le nom du père. Elle dit « ton amant », un mot qui m'évoque un Tristan romantique adolescent, un Roméo acrobate et batailleur. Mais François, ce n'était pas cela.

François, c'était un homme accompli, immense, un colosse. Une voix profonde et rassurante, de grandes mains enveloppantes, un rire éclatant, un amateur de belles femmes. Il m'avait élue, moi parmi les autres, pour être son amour secret, tandis que son mariage se délitait sous ses yeux, sa femme épuisée, atone, s'enfonçant peu à peu dans la dépression, ses enfants à peine plus jeunes que moi fuyant un à un l'atmosphère délétère. Lui oubliait toute cette horreur grâce à moi, il me faisait découvrir la Côte de Granit rose, l'immensité gris et bleu de la baie de Somme, les meilleurs restaurants de Paris. Je ne passais pas beaucoup de nuits dans ma petite chambre sous les combles.

— François Berneuil m'a violée.

C'est ainsi que les mots se glissent hors de ma bouche et que je les laisse tomber aux pieds de Maman. Ils se détachent un à un derrière l'écran de mes paupières baissées.

Est-ce que c'est ce qu'on appelle un viol, cette première fois, si brusque, si crue, et toutes les fois où je ne sais pas si j'en avais vraiment envie, s'il m'a demandé quoi que ce soit, ou même quand je savais que je n'avais pas envie et qu'il a pris ce qu'il voulait ? Il ne faudra pas que je mentionne les fois où je voulais, de toute façon.

La mécanique familiale se remet en marche autour de cette vérité. Maman déglutit pour avaler l'horreur puis descend comme un automate préparer le repas. Je reste assise sans bouger au bord de mon lit, mon manteau encore boutonné.

Le dîner est silencieux malgré les coups d'œil interrogateurs des petits, terrorisés par le mur gris qu'est devenu Papa.

C'est bientôt Noël.

On est allés acheter le sapin avec Pierre. Diane et Baptiste ont hâte de le décorer avec Arielle, ils voudraient être sûrs qu'elle vienne. Je suis incapable de leur répondre. Pierre propose de la rapatrier si elle n'est pas de retour vendredi soir.

C'est l'Avent, l'attente de la lumière, de la paix.

Au prix du mensonge, peut-être.

Arielle

Le train de banlieue traverse des centres-villes décorés de guirlandes borgnes qui clignotent vite et m'hypnotisent, sans réussir à me tirer de ma rêverie morbide. Le couloir souterrain de ma gare brille lui aussi, mais de pisse et de pluie, comme le jour où cet homme banal m'a coursée en hurlant : « Mon amour ! Mon amour ! » Mes treize ans affolés avaient détalé pour que je puisse arriver la première au bus, tambouriner à la porte, m'y réfugier avec la complicité du chauffeur, le dégoût au bord des lèvres.

Là, je ne me presse pas. J'examine les horaires de bus, je tiens à peine debout. Alors je mets une pièce dans la cabine téléphonique, et Maman apparaît dix minutes plus tard.

Elle m'étouffe dans ses bras, comme une poupée morte qu'on embrasse vainement. Elle porte mon sac dans le coffre de la 2CV pistache, la jumelle de celle qu'elle conduisait quand on était toutes les deux libres.

Sans oser franchement regarder de mon côté, Maman tente un « ça va, ma grande ? ».

Elle ne doit pas surprendre les gouttes qui roulent et s'écrasent sur mon jean sale. Elle peut juste remarquer le silence, parce que je suis experte en pleurs silencieux. De toute façon, elle sera ravie de découvrir la cause de mon malheur. Tous ses espoirs se réalisent.

Au feu, elle me dévisage enfin. Je renifle et lui avoue qu'Éric m'a quittée. Elle affecte un air désolé, m'enserre à nouveau dans ses bras. Je m'y roule comme un chat dans son panier, à l'abri des étudiants, à l'abri des klaxons indignés qui lui réclament de redémarrer urgemment.

Elle inspire, tire énergiquement la balle de ping-pong du levier de vitesse, repart en faisant trembler la mince carrosserie.

Je ne lui avoue pas que cette semaine a été la pire de ma vie. Comment j'ai fait pour aller en cours et au RU sans croiser les autres. Fuir les pauses à la machine à café. Éviter les moqueuses au regard perçant ou au visage de lune. Ne pas me faire remarquer au quatrième où je m'obstine à dormir, clandestinement, et où la pitié me guette à chaque recoin.

Impossible de me rapprocher de Mowgli. Pas eu envie de lui confier l'abandon, la solitude et la honte.

Terrée dans cette chambre à la vue imprenable sur les allées et venues de la 205 GTI noire, j'épiais la fille de Françoise Martin y monter, une gamine brune avec une frange qui lui mange le front. Tout ça pour qu'Éric la refile à d'Izzo, cet abruti.

J'ai envie de me blottir ce week-end à la maison. J'ai envie de ne jamais y retourner.

Quand on franchit la porte d'entrée, Maman chuchote à l'oreille de Papa, et ils me foutent la paix. Ils me laissent me vautrer tranquillement dans ma chambre sous prétexte de défaire mon sac.

Mes notes sont au dernier sous-sol, comme le reste. Après la pire semaine de ma vie, je rapporte en plus une convocation, qui vaut aussi pour eux. Une fois le moment de pitié maternelle passé, je vais déguster.

Des petits grattements se font entendre contre ma porte. Diane se jette dans mes bras. Ma petite sœur avec sa barrette en plastique et son sourire édenté. Tu m'as manqué, et je ne le savais pas ! « L'écureuil dans son trou », c'est comme ça qu'elle appelle le jeu de se blottir sous mon pull pour que le câlin soit plus fort.

Elle réussit à me dérider, et je décide que c'est le bon moment pour réapparaître.

Maman en sait assez, je ne me livrerai pas plus, ne me mettrai plus à la merci de son affection poisseuse. Ce week-end sera parfaitement calme. Je vais en écraser, sangloter en cachette, dormir encore, et surtout ne pas leur donner l'impression qu'ils avaient raison.

Ils me laissent tranquille. Maman se montre parfois avec un plateau chargé d'une tasse de chocolat fumant et de cookies maison, que je ne touche pas.

J'insiste pour rentrer le lundi matin au lieu du dimanche soir. Devant la gare, je tends silencieusement la convocation à Papa avant de plonger dans le souterrain.

Françoise

Éric s'invite maintenant presque trois soirs par semaine à la maison, souvent avec une bonne bouteille, une fournée de nouvelles histoires hilarantes et flanqué de son ombre, d'Izzo.

Ce n'est plus Lætitia qui l'attire, heureusement leur amourette n'aura duré que quelques jours. Le manège de son copain, en revanche, ne m'a pas échappé. Chacun à un bout du canapé, Lætitia et lui s'épient comme des chats au-dessus de la conversation.

Au fil de nos discussions, j'ai soulevé la carapace de bon vivant rigolard qu'Éric s'est fabriquée. Ses blagues à répétition masquent un désespoir sourd qu'il a fini par m'avouer, de n'être que le boute-en-train de service, le généreux fournisseur de bouteilles pour ses copains.

Leur vanité lui explose parfois au visage, au petit matin, quand l'alcool est triste et que le fantôme de son ami mort à ses côtés en voiture se fait trop présent.

Il m'a confié son bonheur de passer ces soirées dans mon cocon, où on l'écoute. L'autre jour, sa voix a baissé d'un ton.

— Arielle est en train de devenir cinglée, je crois. Comme j'ai cru devenir cinglé quand ma première copine m'a quitté. Elle est tellement coincée, elle attendait le petit couple tranquille, tu vois, limite catho. Que je passe tout mon temps avec elle. Moi, j'ai besoin de respirer, de séduire. Tout le temps. C'est vital.

Je ne lui ai pas demandé ce qu'il poursuit, ou fuit, en courant les filles.

Ce soir, pas d'apéritif étudiant. Marc Benoist trône au centre de la salle de réunion et passe en revue les recalés potentiels. La séance doit se finir avant 22 heures, mais j'ai des doutes.

Les principaux enseignants sont là : Bragand, Pineau et Vigourel, le professeur de biologie végétale. Il y a même Ouattara, qui enseigne le français et la philosophie. Grande idée de Marc, ça, faire philosopher les élèves ingénieurs en agriculture.

Nous arrivons rapidement au cas d'Arielle Perrot, à peine huit de moyenne.

— Surprenant pour une gamine de son âge, relève Marc, en général les précoces sont assez brillants.

— Mais elle l'est ! s'exclame Pineau. Elle a le meilleur rendement sur ses heures de présence.

Bragand sursaute sur sa chaise, la sueur lui monte aux tempes.

— Cette gamine est plus préoccupée de l'effet de ses caricatures que d'arriver à l'heure en cours ! Quant à ses notes en biochimie, elles sont nulles. Impossible pour moi.

Vigourel sourit à l'évocation des caricatures. Ouattara roule lentement les *r* au risque de s'attirer les moqueries d'élèves mal dégrossis.

— Cette jeune fille a une grande sensibilité, mais elle me semble au plus mal. Lorsque nous avons abordé la psychanalyse des contes de fées, elle s'est comparée au petit pot de beurre du *Chaperon rouge*. C'est vous dire si elle se vit comme un objet. Laissons-lui le temps de mûrir.

Je plonge dans mes notes pour étouffer un fou rire. Je me borne à signaler à nouveau le jeune âge d'Arielle. Marc Benoist conclut :

— On va se contenter de la bousculer un peu. Il est vrai qu'elle est pitoyable en ce moment. Il n'y aurait pas de l'Éric Allard là-dessous, Françoise ?

Sous son regard soupçonneux, je bredouille que je ne connais pas tous les ragots de la résidence.

Arielle

Les nuées roses à ma fenêtre m'appellent loin de l'encre desséchée de mes cours, des molécules qui dansent et se mélangent dans ma tête. Je traverse la pelouse pour jeter un coup d'œil au foyer. Une mélodie étonnante vient de la salle de musique. J'y ai écouté jouer des soirées entières, blottie dans un pouf à billes, le groupe d'Éric, sa voix haut perchée entonner *Child in Time*, son harmonica me vrillant le cœur.

Un biniou bourdonne autour d'une basse répétitive et d'une guitare. Celle de Mowgli, évidemment, je le découvre en m'immobilisant devant les baies vitrées de la salle de musique.

Dans la pénombre, les trois garçons ne me remarquent pas, concentrés sur leur morceau, tournés les uns vers les autres. Captivée, je n'ai pas repéré d'emblée que Vincent, le bassiste, me fixe par intermittence.

Ce soir, j'arrive à la dernière boum avant les vacances, avec un lait-Malibu dans le sang. Le mélange Bounty se fond parfaitement avec mon envie d'en découdre. Derrière les bacs, Éric et d'Izzo se passent des disques comme si je n'étais pas sur le point de tomber et de rebrousser chemin.

Mowgli est accoudé au bar avec Vincent et une princesse indienne à l'ondoyante chevelure. Il fronce le nez sur mon haleine coco. Elle est belle, son Esther. Je le lui dis.

Il rougit, se déride et nous présente. La princesse plonge ses iris de velours dans les miens, comme si elle lisait en moi. Je peux presque entendre ses pensées, qu'elle m'envoie en direct sur fréquence filles, douceur ferme, *Mowgli est encore à moi. Ne lui fais jamais de peine, jamais.*

Aussi clairement que si elle me l'avait balancé, je me raidis et lui souris bravement, honteuse. De quoi, je ne sais pas moi-même.

Mon regard glisse sur Vincent. J'ai envie qu'il m'étourdisse sur la piste, devant Mowgli renfrogné, devant sa princesse arrogante, devant Éric survolté, lutin sautillant derrière ses platines, devant tous les autres. J'ai envie de leur montrer que je suis vivante et que je les emmerde.

Éric enfonce le clou, ne pose que des disques qui évoquent des moments partagés. Notre premier concert de Téléphone. *Angie*, son slow préféré.

Angie, ma langue mêlée à celle de Vincent, Éric dans mon dos.

Mowgli détourne la tête quand je passe devant lui, la main dans celle du bassiste. Éric, lui, lève le pouce.

Dans sa chambre, après une approche timide, Vincent laisse ses longues mains glisser sur moi. Je l'accompagne de soupirs et de respirations saccadées. Cette fois, je n'ai pas eu mal.

Inès

Nous entrons à pas comptés dans la salle austère. Derrière la table disposée en U siège le jury. La chaise sur laquelle Arielle s'assied fait face à M. Benoist, comme si elle était accusée d'un crime. Les nôtres sont placées juste derrière.

Le directeur déroule un chapelet de notes déplorables, à l'exception des statistiques et de la philosophie. Il relève qu'elle a été absente pour les évaluations de deux matières.

Sa secrétaire se penche vers lui. Il évoque son hospitalisation pour se rattraper et s'étonne de moyennes si basses avec une mention assez bien au bac.

— Vous avez oublié de travailler ? Vous avez eu d'autres centres d'intérêt ? Vous vous êtes trompée de voie ?

Arielle se tait et réussit enfin à émettre un filet de voix.

— Si, j'ai travaillé…

Un professeur en nage souffle comme un taureau. Ma chaise grince. Pierre ne cille pas, il est humilié.

— Nous allons vous faire sortir pour poser quelques questions à vos parents, puis nous délibérerons.

Arielle se déplie, nous évite, la tête basse.

Est-ce que nous comprenons ce qui se passe ? Le manque de maturité, de solidité d'Arielle. Ses mauvais choix. Savons-nous qu'elle erre dans l'école, triste à en mourir ? Le grand professeur à couronne blanche, tout ce qu'il y a de plus sympathique, hoche la tête d'un air désolé.

Triste à en mourir.

Nous ne savons que dire, si ce n'est que nous la croyons sous la coupe de cet Éric. Le directeur regarde sa secrétaire et les autres professeurs d'un air entendu. Nous confie qu'elle a choisi le « pire élément de l'école ».

Quand nous sortons, Pierre est fermé, prenant cet échec pour le sien. Il lui siffle d'aller chercher son sac. Sur le coup, Arielle ne saisit pas, demande si elle est virée. Je la considère un instant, avant d'ouvrir la bouche et de lui apprendre qu'ils lui laissent une dernière chance. Et que c'est seulement à cause de son âge.

Le silence grésille dans la voiture qui s'éloigne de la résidence. Le ciel bas écrase toute velléité de dialogue. Pierre jette de temps en temps un œil noir à l'arrière. Dans le rétroviseur, le visage d'Arielle se colle contre la vitre.

Triste à en mourir.

Je retrace mon errance dans Paris, le visage brouillé, fuyant la garçonnière de François, à l'annonce de ma grossesse.

Son verre avait volé en éclats contre le mur ce jour-là. J'étais terrorisée. Il avait arpenté le minuscule appartement, pendant que je me recroquevillais dans le fauteuil ventripotent.

Sans un regard, il avait énoncé, en détachant chaque mot :

— J'ai de bons amis à Londres. Tu garderas leurs enfants. Je te donnerai ce qu'il faut pour faire passer ça.

« Faire passer ça. »

Je n'avais pas saisi tout de suite.

Les vapeurs de whisky s'étaient retirées peu à peu pour laisser place à la nausée, et une pensée logique avait fini par me percuter.

Faire passer ça. Faire passer le bébé. Mon bébé, notre bébé.

Ma bouche s'était alors ouverte, mais aucun son n'en était sorti.

J'avais tourné les talons, dévalé l'escalier de cet immeuble discret tout près du métro aérien. J'avais couru dans les avenues désertes, j'avais traversé la Seine grise. Puis je m'étais perdue.

Triste à en mourir.

Je n'arrive pas à discerner les traits d'Arielle. Je pleure sur elle, ou sur moi, sans bruit. Pierre me caresse d'un regard oblique. Ses lèvres se desserrent. Il pose la main sur la mienne, et je la prends comme une bouée.

Nous passons chez mes parents récupérer Diane et Baptiste.

Maman m'apprend qu'Arielle a fouillé les papiers de Papa dimanche dernier. Les lettres de François n'étaient plus à la même place.

Elle me serre dans ses bras. Propose de tout expliquer à Arielle. Sans un mot, j'acquiesce. Je ne suis pas capable de lui dire à quel point son père était un monstre. Si jamais elle le retrouvait, je ne le supporterais pas. Je vais laisser Maman s'occuper de tout.

Comme lorsqu'elle a pris les rênes, à mon retour, enceinte, puis fait tampon après l'explosion, Papa muré dans un silence de marbre. Lorsqu'elle m'a nourrie de soupes, de yaourts et de compotes, dorlotée quand j'avais des nausées. Lorsqu'elle a épongé mes sanglots sans fin. Lorsqu'elle m'a persuadée de me cacher au couvent de sa sœur, à l'abri des regards versaillais. À l'abri de la colère de mon père. Et surtout, protégée de François.

Triste à en mourir.

Arielle

On tambourinait à ma porte. J'ai peiné à rassembler mes sens encore endormis, à décoller mes paupières. Quand j'étais petite, Maman déposait dessus des compresses de camomille pour que le mucus ramollisse et que je puisse les ouvrir. Personne ne s'occupe plus de moi comme ça.

Mowgli a déboulé dans ma chambre, aussi échevelé que moi. Qu'est-ce qui lui prenait de me réveiller à cette heure ? Il voulait me parler de Vincent. J'ai joué celle qui ne se rend compte de rien.

Pourtant, oui je l'avais vue, sa longue silhouette brune qui me cherchait partout. Depuis le début de la semaine, je m'étais débrouillée pour me planquer dès que j'apercevais son visage hâve. Mowgli s'est énervé, m'a demandé à quoi je jouais. Parce que Éric m'avait traitée comme une serpillière, j'allais faire pareil avec tous les mecs ?

Je roupillais bien tranquillement au fond de mon lit et, alors qu'il était trop tôt, il venait me bassiner avec les états d'âme d'un garçon avec qui j'avais couché une fois… Mowgli m'a regardé avec un dédain qui me faisait mal. Si ça se trouvait, j'étais sa première, à Vincent.

Je commençais à me sentir un peu merdeuse. Les brumes de la nuit se dissipaient. Il m'a fait promettre de lui parler le jour même.

Pas le choix.

J'ai un peu traîné au lit. L'odeur de feu de bois du pull de Mowgli imprégnait encore ma chambre. Je l'ai respirée longuement.

Je mâchais mes céréales seule face à la vitre, épiant malgré moi les retardataires de troisième année qui avaient eu vent d'un nouvel appel. Éric a pris le temps de se retourner, de jeter un coup d'œil aux fenêtres du quatrième. Je n'aurais pas su dire vers laquelle il regardait. J'étais pratiquement sûre qu'il y avait une nouvelle fille dans sa chambre.

Je suis descendue au bâtiment C et j'ai frappé faiblement à la porte de Vincent, elle s'est aussitôt ouverte. On a tous les deux eu un mouvement de recul. L'odeur de sa transpiration un peu acide me donnait la nausée. Comment avais-je pu ? J'ai pris une inspiration, vite.

Désolée, désolée, désolée, désolée, je n'arrivais pas à dire quoi que ce soit d'autre. Il s'est affaissé. « C'est dommage de si mal choisir », a-t-il dit.

Maintenant je ressasse ce dernier jour à l'école, le regard d'Éric vers les fenêtres du quatrième, la phrase de Vincent.

Alors comme ça je choisis mal. Comme Maman, en fait ?

Je ne veux pas passer plus d'une journée chez mes parents. En arrivant, j'appelle tout de suite Mamounia. Sur la route qui nous emmène de la maison à Versailles, elle me raconte comment Maman a été séduite par un de leurs amis, marié, comment elle a été courageuse de me garder, comment Papy et elle se sont retrouvés seuls contre tous à soutenir leur fille dans cette épreuve, comment l'Évangile de la Sainte Famille leur a fait prendre la décision de l'aider à me garder, comment mon vrai père n'a jamais levé le petit doigt pour moi. Elle m'assène que je n'ai rien à attendre d'un don Juan – si tu crois que ta mère était la seule. Que je dois oublier ce père qui ne peut que me rendre malheureuse, que je dois me contenter de la famille que Maman m'a donnée en se mariant avec Papa, de ce bonheur reconstruit et véritable.

Ça, c'est sûr, je suis parfaitement heureuse. C'est pour ça que je me retrouve là, loin d'eux, à décorer le sapin avec ma grand-mère, à placer Joseph dans la crèche à côté de Marie, mais pas encore le petit Jésus.

L'enfant du scandale.

Inès

Quand Arielle est née, dans cet hôpital du fin fond de la Normandie, on ne m'a accordé que quelques minutes avec elle, peut-être pour me faire regretter d'être une fille mère, ou bien pour me punir de la confier à la pouponnière.

Je m'étais laissé convaincre que c'était la meilleure solution. Papa avait sa fierté. Maman avait été soulagée de me conduire au couvent de sa sœur, loin de Versailles. Seule sa meilleure amie était au courant. Elle allait pouvoir continuer à voir ses partenaires de bridge sans devoir répondre ouvertement de l'inconduite de sa fille.

Et puis ce petit bébé tout rouge, emmailloté des linges grisâtres de l'hôpital, m'a été mis dans les bras, le grand nez de François posé au milieu de cette figure de nourrisson, ses yeux légèrement tombants ; la ressemblance était flagrante, surtout quand elle a froncé les sourcils et ouvert grand sa bouche affamée.

Je lui ai donné mon petit doigt à téter, la poitrine déjà bandée. La montée de lait a immédiatement lancé sa violente piqûre, dans mes seins et dans mes yeux. Tout mon corps se liguait avec les sages-femmes pour me jeter mon erreur, mon indignité, ma honte au visage.

Calmée par la succion du doigt, la petite fille s'est assoupie. J'avais voulu lui donner ce prénom doux comme le miel, en espérant un garçon. Je l'ai contemplée, endormie, petit poupon calme. Apaisée, elle ressemblait un peu moins à François.

Et si je l'avais étouffée, là, avec le maigre oreiller qu'on avait consenti à me laisser, si j'avais fui, est-ce qu'on aurait su me retrouver ?

Elle m'a regardée intensément quelques secondes avant de replonger dans ses songes agités de nouvelle-née bientôt abandonnée. Je ne me souviens plus si je lui ai murmuré que j'allais revenir la chercher, ou si je l'ai rêvé. Et puis j'ai recouvré la raison. J'ai prié pour qu'on la prenne. J'ai signé les papiers que l'on m'a tendus.

Lorsqu'ils sont venus me récupérer, mes parents les ont aussi signés. Dans la Peugeot, Papa conduisait brusquement, gêné par la pluie glacée. Il pestait, fumant Gauloise sur Gauloise.

Le ciel pleurait à ma place.

Je n'ai plus ouvert la bouche.

J'étais morte.

Françoise

Ce soir, enfin, je vais pouvoir ranger mes dossiers, mes listes et mon ras-le-bol. Ce soir, enfin, se tient le dernier conseil avant Noël. Le seul où j'ai un objectif précis.

Après toutes ces soirées à débattre avec Éric et ses amis sur le cursus imposé par les régions céréalières et laitières toutes proches, je vais oser parler de viticulture à Marc.

Éric a su me convaincre, même s'il n'a aucune chance. Ses études sont une déception pour ses parents, un gentil couple de professeurs agrégés. C'est le benjamin, venu après deux frères de quinze ans de plus, leur petit garçon chéri et trop turbulent.

Même s'il a raté sa classe préparatoire et redoublé ici, il a des facilités. L'an dernier, au grand étonnement de tous, il a eu la première place en chimie, rattrapant le programme bâclé auparavant. Il avait enfin saisi que les réactions seraient indispensables pour comprendre la vinification…

Juste armée de mon stylo et de mes dossiers, j'affronte le bataillon de professeurs déjà installés. Je suis la dernière à entrer dans la grande salle.

Marc Benoist annonce le programme. Examen des cas de deuxième année, puis sélection des candidatures d'étudiants malheureux en prépa ou en DEUG. Seront ensuite examinés les cas limites de troisième année, « qui ne concernent que peu de personnes, pour ne pas dire une seule ». J'avale ma salive.

Vigourel le coupe. Avec Bragand, il est le seul à pouvoir se le permettre. Tous deux sont des anciens de l'école, fils d'agriculteurs ayant usé leurs fonds de culottes dans le même pensionnat jésuite.

— Marc, on ne va peut-être pas traîner trois heures sur Allard ? Ça fait un bon moment qu'il nous mène par le bout du nez.

Je sursaute, me redresse au garde-à-vous sur ma chaise. Pour me donner confiance, je regarde dans mes dossiers et retrouve celui d'Éric, que je connais par cœur.

Marc Benoist ouvre le feu.

— Éric Allard. C'est sa quatrième année dans nos murs. Après un bac D mention assez bien, qui lui a permis de rester au lycée parisien dans lequel papa est professeur, il fait une première année de prépa scientifique. Mais papa n'a pas suffi à forcer le passage en math spé. La première année chez nous est normalement facile, pourtant il passe ric-rac.

— Depuis le début, je me tue à dire que ce garçon ne fout rien ! s'emporte Bragand. On ne m'a pas écouté, voilà où on en est maintenant.

— Je poursuis. Deuxième année catastrophique, il s'en sort par miracle grâce à une excellente note de stage.

— Stage en exploitation viticole, où il a été très apprécié pour son implication.

J'ai osé interrompre Marc. Peu habitué à me voir intervenir dans les débats sans y être invitée, il me fixe, incrédule.

Vigourel intervient :

— C'est vrai, ce mémoire était pas mal. Il a réalisé une excellente étude des stratégies de désherbage. Sans rapport avec la somme de je-m'en-foutisme par ailleurs.

— Au contraire, cela pourrait en avoir, interrompt Ouattara de sa voix lente et grave. Ce garçon est absolument passionné. En expression libre, il a écrit des articles très documentés sur l'œnologie.

Je lui lance un regard reconnaissant. Marc, irrité, s'éclaircit la voix.

— Je reprends. Redoublement légèrement meilleur, surtout grâce à la chimie et à un stage très bien noté.

J'interromps à nouveau mon patron.

— Cette fois, il a choisi une exploitation transformant elle-même le produit.

— Oui, bon, quoi de plus original que d'aller s'amuser aux vendanges quand on est étudiant ?

— Pardon, Marc, mais il n'a pas vendangé, le calendrier scolaire ne le lui permettait pas. Il a participé à la gestion de la cave.

Marc me fusille du regard.

— … et par là même votre protégé a commencé à se constituer la sienne. Parlons un peu de ses débordements… Je reçois en permanence des plaintes du voisinage pour tapage nocturne, depuis qu'il est responsable des soirées. Je ne parle pas de sa conduite dangereuse qui a déjà fait un mort, un camarade de première année. Ni de ses amours anarchiques, qui me valent les récriminations de parents de jeunes filles, parfois mineures. Si nous le renvoyons, tout le monde s'en portera mieux…

Vigourel intervient :

— Marc, souviens-toi de notre jeunesse… Si les jeunes filles sont consentantes, en quoi cela nous concerne ? Le tapage nocturne pour le foyer de la résidence, on a l'habitude. Ils écoutent *Les Quatre Saisons*, tes enfants ?

Mon rire nerveux est vite stoppé par le regard noir de mon directeur.

Je me lance.

— Si on autorisait Éric à faire son stage de troisième année en viticulture, il s'investirait à fond, c'est certain. Et terminer sa troisième année lui donnerait l'opportunité de continuer en faculté d'œnologie.

— Ben voyons, pourquoi ne pas l'aider, en plus ? Parfois, Françoise…, ronchonne Marc Benoist.

— Marc, attends, coupe Vigourel. Nous pourrions le virer en fin de troisième année. Cela ne règle pas ton problème de tapage nocturne et de jeunes filles effarouchées dans l'immédiat, mais c'est déjà pas mal.

— Si vous vous liguez tous contre moi... Il s'est dégotté un viticulteur pour son stage, le clown de service ?

— Je crois, oui, réponds-je en tournant les pages de son dossier. Entre-deux-Mers.

— Ça, il faut avouer qu'il n'a pas mauvais goût ! conclut Vigourel, les rires virils de ses collègues lui faisant écho.

Je me relâche sur mon dossier, soulagée. Je vais pouvoir annoncer la bonne nouvelle à Éric, lire la surprise et la reconnaissance sur son visage. Je savoure à l'avance.

Déjà 11 heures. Alors que je m'apprête à rentrer après le conseil, je reçois un coup de téléphone.

C'est la voix d'Éric. Je ne comprends pas pourquoi il m'appelle à cette heure-là. Je tombe de haut quand il m'apprend qu'il est chez moi, à la maison, avec d'Izzo affolé et Lætitia, qui saigne abondamment. Ma petite fille. Déjà la première fois...

Profitant de mon absence, elle a demandé à d'Izzo de la rejoindre. Seuls. Tous les deux. À la maison... Lui s'est retrouvé dans un bain de sang et a paniqué. Il n'a même pas eu le courage de me téléphoner directement.

Je prends le relais des deux garçons, serre fort ma fille et lui fais prendre un bain froid. Elle s'endort comme un bébé pendant que je lui caresse le front.

D'Izzo, pâle et silencieux, oscille, les bras ballants. Au moins, il est resté.

Je remercie Éric du bout des lèvres. Un grondement sourd monte de ma poitrine. Je fiche tout le monde dehors. C'en est assez pour ce soir.

IV

J'avais un ami

Arielle

Salut à toi ô mon frère
Salut à toi peuple khmer
Salut à toi l'Algérien
Salut à toi le Tunisien

Je scande les paroles de Bérurier Noir devant la foule des étudiants, escortée par le biniou, la basse de Vincent et la guitare énervée de Mowgli.

Ils sont scotchés. Parmi eux, certains visages me fixent plus intensément. Les paroles que j'égrène font écho en moi pendant les plages instrumentales.

Salut à toi brun tout rond, corps poupon, sans ambition
Salut à toi le grand blond, os saillants, sommeil profond
Salut à toi beaux yeux gris, assez doué mais déjà pris
Salut à toi le Dandy, première capote et Dunhill

Au beau milieu du riff de guitare de Mowgli, le Dandy me dévisage dans le public, et j'évite son regard. La semaine dernière, sourire en coin devant mes gémissements exagérés, il m'avait soupçonnée de simuler. Évidemment, j'ai nié.

La cornemuse entonne la ligne de basse entêtante.

Vincent serre les lèvres sur un médiator. Il donne le rythme sans faiblir, observant mes regards vers ces garçons d'un soir. Est-ce qu'il se rend compte qu'il est le premier des garçons après Éric, le premier de ceux que j'essaie pour savoir qui je suis, pour comprendre ce qui merde en moi ?

Au milieu de cette foule masculine, deux éclairs bleus me foudroient et font monter la chaleur à mes joues. Éric est devant moi, lui dont le groupe va bientôt envoyer des reprises de Police.

Éric, dont la porte s'est ouverte une fois alors que je passais tard dans la cuisine. Une invitation à goûter une nouvelle vodka, mon premier joint, et plus si affinités. Aucun risque, il les connaît, mes affinités.

En apnée sous ses ahans, je n'ai plus mal. Est-ce que c'est parce que je suis devenue un boulevard ? Et puis ses ronflements tandis que je reste sur le qui-vive. Son exigence, dans un demi-sommeil, que je regagne ma chambre, que je ne me raconte pas d'histoires. Surtout, ses copains de l'étage n'ont pas besoin de savoir. Mon obéissance, je ne peux pas l'empêcher. Plutôt ça que rien.

Hier, c'est lui qui a ouvert ma porte, sans frapper. Pourquoi ne l'avais-je pas fermée, je l'ignore. Il s'est approché de mon lit pendant que je dormais, s'est installé en me coinçant contre le mur, et tout de suite il est entré, quelques coups au fond, s'est écroulé sur moi. Je n'ai même pas eu la force de le repousser, en avais-je vraiment envie ? Du plafond, je regardais la scène de cette fille couchée avec lui, inerte, incapable de parler, de dire oui ou non. Le Dandy serait étonné de me voir si silencieuse. Mais Éric n'est pas surpris, rien ne l'étonne. Ni la porte ouverte, ni mon immobilité, ni mon silence.

Il part bientôt en stage à Bordeaux. Est-ce qu'il m'écrira ? Il a répondu par un rire qui s'est éteint quand il est sorti de la chambre.

Je sors de ma rêverie et découvre les étudiants hurlants, applaudissant le morceau qui vient de couper net sur la même note interminable, bourdonnée par la cornemuse, la guitare et la basse. Mowgli et Vincent se sourient de fierté. Éric m'enfonce son regard droit dans le cœur, il siffle d'admiration. Je prends ce qu'il me donne, j'oublie tous les autres garçons. Je savoure l'illusion qu'il m'aime.

Inès

Je repasse distraitement devant la télévision quand je remarque que le documentaire montre une vue aérienne de la baie de Somme. Je pose lentement le fer à repasser fumant, cherchant de l'air. L'évocation du brouillard et des dunes me renvoie à François, aux week-ends cachés dans sa hutte de chasse, pendant que sa femme et ses enfants tuaient leurs soirées aux cartes dans leur bel appartement du Touquet.

J'avais pris leur expression stupéfaite en plein visage quand j'avais débarqué, tremblante, animée de l'espoir fou et ridicule de le ravir à sa famille, revenant avec ma petite Arielle d'un périple chez des amis en Belgique. Son épouse neurasthénique avait fait celle qui ne se rend compte de rien. Ses yeux gris dans le vague avaient signifié sa fatigue. Elle était restée à l'appartement tandis que François et toute la joyeuse bande, à peine plus jeune que moi, s'étaient ébroués vers l'immense plage pour lancer des cerfs-volants dans le bleu pâle infini. Le regard interrogateur de ses deux filles, anciennes groupies de la jeune femme pleine de fantaisie et d'assurance que j'étais, me retournait le cœur.

Avaient-elles pu ne pas remarquer la ressemblance flagrante de ma poupée avec leur petite sœur, Claire ? À juste cinq ans d'écart, elles arboraient les mêmes cheveux paille, le même sourire aux petites dents écartées.

Observant Arielle jouer avec Claire, les aînées, pensives, montaient la garde aux côtés de François, ne le lâchant pas d'une semelle, défendant les derniers instants du couple parental.

J'avais espéré, cet après-midi ponctué de bourrasques et d'éclats de rire, un geste de François. J'aurais voulu qu'il me dise d'attendre qu'il trouve le courage de quitter sa femme. J'avais rêvé d'une tout autre journée, sans savoir exactement laquelle. Chaque grain de sable de la longue plage était venu rejoindre les autres dans le sablier, et il avait fallu reprendre la route dans la petite 2CV après des au revoir convenus.

François m'avait laissée repartir après un rapide baiser sur la joue devant ses enfants. « Donne des nouvelles », avait-il dit en fermant la mince portière dont la vitre était rabattue vers le haut. Je n'avais pas répondu, tentant de cacher mon humiliation à ses deux aînées qui scrutaient chacun de nos gestes. Son épouse n'était pas reparue.

Six mois après, j'avais appris leur séparation au hasard d'une rencontre. Il ne m'en avait rien dit, n'avait pas cherché à rétablir le lien.

Est-ce qu'Arielle flirte avec ce Mowgli ? Est-elle encore sous la coupe de cet Éric de malheur ? Où est-elle exactement les week-ends ? Depuis son retour, elle s'enferme dans un univers qui nous exclut. Mes tentatives pour découvrir ses amours et ses amitiés sont vaines.

Avec Diane et Baptiste, elle joue comme d'habitude à la grande sœur qui raconte des histoires, à construire des châteaux en carton pour les Playmobil.

Avec Pierre et moi, c'est un mur. Elle attend notre coucher pour regarder ses émissions de rock, collée au poste pour mieux entendre.

Si je pouvais accéder à ce qu'elle me dérobe, je trouverais peut-être le courage de la mettre en garde. Mais elle ne laisse aucune brèche pour que je puisse lui parler. Lui dire combien je l'aime et combien je prie pour qu'elle ne tombe pas dans les griffes d'un autre François.

Arielle

Le repas de famille mensuel s'éternise sur le thème de la gauche au pouvoir. Je façonne des boulettes avec la mie de pain et marque des paniers, concentrée, dans le verre de Sophie. Papy se réjouit : à ce train-là, Mitterrand ne fera pas de second septennat.

Sophie louche. Je m'étrangle avec la charlotte. Papy, excédé par notre dissipation, nous chasse de la table. Enfin !

On s'enferme dans l'antre de Sophie. Elle « pige » pour les pages « Tourisme » de magazines, fait rêver la femme au foyer à des destinations lointaines. Parfois, les rédactions lui offrent le voyage, elle se la coule douce à l'autre bout du monde pour pas un rond.

Elle raconte l'organisation approximative des *trips*, les exigences des responsables de publication. À demi-mot, aussi, ses mecs de circonstance, parfois même des vieux.

À mon tour de me confier, elle veut tout savoir. Si je ressors avec Éric, si j'ai eu d'autres garçons. Je réponds vaguement, je ne suis pas spécialement fière de ma collection. Je n'ai pas honte d'en parler non plus, en tout cas pas devant elle. Parler de quoi d'ailleurs ? Un amour à pleurer, une vie sexuelle qui n'en a que l'apparence ? Comment je crève et j'espère à chaque fois que je croise le regard d'Éric ?

Sophie est déçue, elle boude.

Je fais glisser la conversation sur mon père, lui demande ce qu'elle sait de lui, de sa famille. Elle me raconte les étés en Bretagne. Les deux couples bien sous tous rapports, deux ribambelles d'enfants à peu près du même âge, huit à vingt ans. Elle se souvient surtout de Claire, la petite dernière. Sa copine de vacances, une blondinette aux cheveux en baguettes de tambour, comme moi. Un été, sa famille n'est plus réapparue sur cette plage de Bretagne. Sophie n'était alors pas si curieuse qu'aujourd'hui.

Des détails lui reviennent. Un homme très grand, à la voix puissante, qui impressionnait beaucoup les enfants. Il effrayait presque les siens, sauf Claire qu'il faisait sauter sur ses genoux ; il amusait Mamounia mais énervait Papy.

Je suis jalouse de Claire et des genoux de son père.

Les grands enfants des deux familles étaient plus ou moins amis. Les petits restaient à la plage avec les deux mères. Papy allait jouer au tennis, pendant que François Berneuil emmenait les grands en virée à Saint-Malo, avec Maman évidemment. Ils rentraient à l'heure du dîner, échevelés, riant fort. Et puis ils ressortaient pour une autre virée nocturne.

Et soudain elle me demande ce que j'attends, où j'en suis. Si je l'ai contacté ou pas.

Je sais très bien où est le papier avec le numéro de téléphone dans la Somme. Le billet chiffonné au fond de mon pot à crayons, dans ma chambre d'étudiante, comme oublié.

Ce père, il n'a peut-être pas envie de me parler, de me retrouver. Qu'est-ce que je suis, pour lui ? Est-ce qu'il m'a seulement déjà vue, est-ce qu'il a seulement déjà cherché à me rencontrer ?

Après tout, peut-être qu'il est mort.

Mowgli

Depuis la rentrée, Arielle n'a pas évoqué Éric. Ça reste un espace blanc entre nous, comme le brouillard qui montait de la Canche pendant les vacances de Noël, et qui enveloppe Esther et son silence depuis deux mois, silence que je n'ai pas cherché à rompre.

Un soir, Arielle pose la tête sur mes genoux, mentionne Éric et son catalogue de nanas. Elle croit qu'il se fait aussi des vieilles. Tout le monde sait qu'il passe ses soirées chez Françoise Martin…

Les hypothèses les plus folles embrument son cerveau, sa jugeote de gamine me fout en rogne. Ce mec l'obsède vraiment, je le lui dis. Est-il seulement capable d'aimer ? Elle lui offre tout, sans retenue. Elle me coupe, livide. Sur mes genoux, son corps se raidit, elle chuchote : « Mais il continue. »

Je n'ai pas envie de comprendre, mais le puzzle se forme. Les regards qu'il lui lance pendant qu'elle chante, les clins d'œil qu'il lui décoche dès qu'il la croise, la porte d'Arielle qui ne répond pas certains soirs, le large sourire d'Éric quand elle danse avec un mec et qu'elle l'emballe, pas jaloux pour un sou. Je croyais qu'il était content qu'elle passe à autre chose, qu'elle s'éloigne, pourtant il la tient, il ne la lâche pas.

Sur mes genoux, Arielle se brise. En fait il n'a jamais vraiment cessé de venir, de la prendre quand ça lui plaît.

Elle dit qu'elle n'est rien. Rien que sa pute, au fond.

Mon poing s'écrase sur la cloison au-dessus du canapé de fortune. Une protestation sourde s'élève de la chambre d'à côté, mon hurlement la fait taire.

Je lui caresse les cheveux : une pute, certainement pas, juste une jeune fille paumée. Je la berce dans mes bras jusqu'à ce qu'elle se calme, je dépose des baisers légers sur ses cheveux d'enfant pour qu'elle ne les sente pas, pour qu'elle n'imagine pas que je la console pour l'avoir à mon tour. Pour qu'elle ne croie pas que je la veux par dépit. Elle sait que je ne vois plus Esther, je ne l'évoque plus.

Non, je ne serai pas un mec du jeudi soir.

Dans un murmure, je réussis à lui demander :

— Et tu ne lui as jamais dit non ?

Arielle

En trois semaines, Éric a reçu plus de lettres de moi que je ne lui en ai jamais écrit, même pendant mon séjour à l'hôpital.

Le papier était taché, l'encre bavait, mais je m'en foutais. J'étais prête à laisser des empreintes de larmes pour qu'il réponde.

Je n'arrivais plus à me concentrer sur mes cours. Un soir, j'ai volé dans la tignasse de Mowgli, alors qu'il était venu réviser les stats avec moi. Il n'a pas compris. Je les ai mis dans le même sac, les mecs et leurs mains enfoncées dans les poches, leurs regards évasifs, leurs sourires timides, le flou, le silence, leur refus de dire les choses. Mowgli a payé pour Éric, pour mon père, pour tous les autres.

Dans la foulée, j'ai envoyé à Éric une lettre dans le même esprit.

Jeudi soir, la boum, ce n'était pas pareil. Un étudiant lambda tenait les platines sans à-propos. Les disques étaient posés au hasard. Je n'ai pas eu envie de danser, ni de croiser le regard de Mowgli, pendant que j'allais encore embrasser un autre garçon. J'ai avoué à Mowgli que je craignais de rentrer chez moi ce week-end. Les parents me mettaient la pression pour savoir si je venais aux petites vacances, comme si j'étais impatiente de les passer avec eux…

Mowgli, il a vu ça comme une proposition de gravir le mont Blanc avec lui. Il s'est excité, a préparé des plans pour une balade en forêt et une visite de la ville proche. Je n'avais traversé son obscurité et sa fumée qu'à fond dans la GTI d'Éric, sans jamais l'apercevoir de jour.

Quand il a frappé à ma porte ce samedi matin, j'ai grogné qu'il était trop tôt, que je voulais dormir…

Il est carrément entré dans ma chambre pour renverser mon matelas. Je lui ai hurlé de se calmer, et il s'est marré.

Juliette, qui se lève aux aurores pour réviser comme d'habitude, est venue nous dire de faire moins de bruit. En découvrant Mowgli, elle a haussé les sourcils, puis elle est repartie sans rien dire.

En forêt, Mowgli et moi on grimpe sur des arbres tombés, on joue à chat, on s'affale, essoufflés, pour partager un bout de fromage, et on repart de plus belle.

Une cathédrale de hêtres se dresse tout autour de nous, sa majesté nous intime le silence. On chemine côte à côte, tout à coup sereins. Bouches closes, on marche, longtemps, jusqu'à sa « nouvelle » voiture, une 104 pourrie achetée avec ses économies.

En ville, je découvre la cathédrale de pierre au détour d'une ruelle, soudain éclairée par le soleil jaune de fin d'hiver. Je reste aussi muette qu'en forêt. Mowgli derrière moi, je pousse la lourde porte et m'enfonce dans la pénombre, vers les cierges. Je tombe à genoux devant une statue archaïque de la Vierge, en bois mal dégrossi. Les bougies créent un buisson de lumière à ses pieds. Je m'abîme là, recroquevillée, perdue.

Me revient le chant des religieuses du couvent où ma mère m'a si souvent conduite, comme un pèlerinage sur mon lieu de naissance, dans la communauté de sa tante qui l'avait recueillie, enceinte, abandonnée là par ses parents. Les « bonnes sœurs », qui me sont autant de mères et de tantes, appellent de leurs voix cristallines, à laudes : « Seigneur… à notre secours ! » Seigneur, sainte Marie, je ne sais pas qui… à mon secours ! Je voudrais mourir, je voudrais tuer.

Longtemps après, une main chaude se pose sur mon épaule. Mowgli est là, derrière moi. Il ne dit rien, il est tout proche. Quand mes épaules ne sont plus parcourues de secousses, il attrape doucement mes doigts, me tire au-dehors, vers la lumière dorée de la fin d'après-midi.

Nos pas sont lents, malgré la foule effervescente dans les rues commerçantes. Nous sommes comme seuls, prenant le temps de tout détailler, chaque marmouset sur les façades

des maisons anciennes, chaque vieille bande dessinée dans les étals du bouquiniste. Les ruelles se vident petit à petit. J'ai oublié où nous avons garé la 104 et je ne suis pas sûre que Mowgli s'en souvienne. Les pieds lourds d'avoir marché toute la journée, on cherche notre chemin dans le soir et les avenues presque désertes. On trouve encore la force de jouer les équilibristes sur les bords des trottoirs comme quand on avait six ans. Nos éclats de rire tirent un clochard de sa torpeur.

— N'auriez pas une petite pièce ?

Comme Mowgli lui en donne une, il a envie de poursuivre la conversation. On doit lui égayer sa journée, alors en guise d'au revoir il nous lance, avant qu'on disparaisse au coin des pavés :

— Vous deux, vous êtes amoureux ! Ça se voit...

Mowgli baisse le nez en souriant. Moi, je m'esclaffe en secouant la tête.

En rentrant, on passe devant le mur de boîtes aux lettres, auquel je m'efforce de ne pas m'intéresser. Une vague blancheur rayonne pourtant au fond de la mienne, l'avant-dernière en bas à droite. J'essaie de ne pas montrer à Mowgli ma main tremblante, de ne pas manifester ma hâte d'ouvrir tout de suite l'enveloppe. Je croise son regard las. Il me serre dans ses bras et me plante là sans un mot.

La lettre est humide, froissée d'avoir été serrée le temps que j'arrive dans ma chambre. Je la déchire presque en l'ouvrant.

Sur une page petit format, un long trait serpente de haut en bas en suivant des lignes imaginaires, ponctué par un « tilt » et un « hop ». Une seule phrase, avant la tendre bise et la signature d'Éric :

Tu voulais que je t'écrive… voilà, c'est fait !

Inès

Dans la voiture qui roulait vers le soleil, les cassettes d'Anne Sylvestre ont mis une touche primesautière à ce départ en vacances, Diane et Baptiste reprenant en chœur leurs chansons préférées. Même Pierre était dans son assiette, il chantonnait avec les enfants. Arielle a esquivé les questions, sur son quant-à-soi depuis son retour de l'école. Elle n'a pas évoqué son programme de la seconde semaine. Je n'ai pas insisté, prête à beaucoup de concessions pour que ces vacances en famille, les premières depuis son opération, soient une réussite.

Quelques minutes à peine après notre arrivée, les petits avaient déjà enfilé maillots et brassards, et sautaient dans l'eau en hurlant, pendant qu'Arielle m'aidait à faire les lits. Pour gagner son sourire, je lui ai offert la grande chambre du bas, et j'ai relégué Diane et Baptiste dans le réduit aux lits superposés.

Arielle est partie profiter de la piscine pendant que je me suis mise aux fourneaux. Après un quart d'heure à jouer avec les enfants dans l'eau, elle s'est abandonnée sur une chaise longue avec un livre, comme à peu près toute la semaine.

Nous avons réussi à la tirer de son transat pour visiter un village bondé et les gorges de la Dordogne, avec l'impression d'arracher une étrangère à une activité passionnante. Heureusement, Diane et Baptiste étaient enthousiastes pour trois. Au retour, Arielle s'est enfermée des heures dans sa chambre, comme si la sortie en famille avait épuisé son capital de sociabilité.

Quand la psychologue avait annoncé à Papa et Maman qu'il fallait qu'Arielle, à trois ans, soit élevée sous un autre toit que le leur, où ils régnaient en maîtres et où je ne représentais pour elle qu'une grande sœur parmi les autres, j'avais respiré. Ils m'avaient trouvé un appartement à dix minutes de la maison, peut-être avec de l'argent soutiré à François sous peine de scandale public. Là, je savourais enfin l'indépendance, la vraie.

Pas celle que j'avais connue dans ma chambre sous les toits à Paris, coincée entre les sorties avec François et les week-ends à Versailles. Puis, la peur et le bébé au ventre, rasant les murs et m'engouffrant dans les bouches de métro pour ne pas être reconnue.

J'étais chez moi, sans aucun compte à rendre. Même si j'avais Arielle, elle était facile alors, s'occupait des heures avec quelques figurines, des empilements de pots de yaourt. Je profitais de ma solitude pour tirer des photos dans ma salle de bains ou inviter plein de copains, sans croiser le regard courroucé de Papa, soucieux du qu'en-dira-t-on.

Avec nous, Arielle était en apnée, comme je l'avais été moi aussi, avant l'appartement. Pierre et moi nous sommes couchés tôt, au retour de la veillée pascale. Le feu et les cierges ont excité les petits. Ils ont rechigné à se mettre au lit. Ils chercheront les œufs de Pâques demain matin, avant le départ.

Allongée dans le noir, je ne dors pas. Je perçois un murmure en bas, pas un ronflement de Pierre, quelque chose d'autre.

Je descends une à une les marches grinçantes de l'escalier rustique. À mi-chemin, je m'arrête, saisie par la voix d'Arielle, étouffée, et pourtant distincte. Le fil du téléphone serpente jusqu'à sa chambre, je n'entends que les derniers mots avant qu'elle raccroche : « À demain… »

Elle ouvre la porte, pose précautionneusement le combiné à sa place et retourne se coucher sur la pointe des pieds. Elle n'a pas aperçu ma silhouette glacée dans l'escalier.

Elle ne remarquera pas ma bouche pincée, mes pupilles rétrécies et mes poings serrés, le lendemain, quand nous la conduirons à la gare de Cahors.

Pierre, lui, déchirera la note envoyée par le propriétaire le mois suivant, tonnera contre ce malhonnête qui lui facture l'équivalent de dix heures de téléphone. Et je ne lui dirai rien.

Arielle respire. Et c'est moi qui retiens mon souffle.

Arielle

S'il n'y avait pas eu un téléphone dans cette baraque de vacances, je crois que j'aurais viré dingue. Le premier soir, j'ai attendu le silence complet au-dessus de ma tête. J'ai fixé le cadran pour me donner du courage. Puis, les doigts tremblants, j'ai composé le numéro mentionné dans la dernière lettre d'Éric. Pendant que ça sonnait, je me suis tendue, prête à raccrocher. Quand il a répondu, j'ai failli m'évanouir.

Aucune allusion à mes lettres, à l'école, au passé. Je lui ai raconté l'arrivée à Montcuq, la piscine, les vacances plan-plan qui s'annonçaient – il a ri. Lui m'a décrit son installation, le ciné un soir sur deux pour tromper la solitude, le stage qui l'occupait à cent pour cent. Nuit après nuit, il glissait des allusions à la piscine et à mon bronzage ; le ventre serré, je tentais des questions pour savoir s'il y avait des filles autour de lui. Et, enfin, le vendredi, il m'a proposé de venir quelques jours à Bordeaux.

J'ai contenu le cri qui montait de tout mon corps. La peur que ça recommence. L'envie malgré tout de me perdre dans ses iris, de sentir son parfum poivré, sa barbe sur ma peau.

Je n'en ai pas dormi.

En descendant du train, je l'ai vu, auréolé d'un rayon qui traversait le toit de la gare. Il m'a fait un grand signe pour que je le rejoigne. Mon sourire tremblait. Ne pas courir, ne pas sauter dans ses bras. Je me suis approchée en essayant de ne pas trébucher malgré mes jambes en coton. Les battements sourds de mon cœur m'empêchaient d'entendre ce qu'il me disait. Il a déposé deux baisers légers sur mes joues. J'ai eu envie de fondre, là, sur ce quai.

Dans la GTI, il y avait de l'électricité. Il essayait de passer les vitesses sans effleurer mon jean. Le cœur à cent à l'heure, je tentais d'empêcher mon regard de dériver sur lui.

Éric a commencé à parler de l'entre-deux-mers qu'il me ferait goûter. En attendant, on était face à un petit immeuble miteux. Il m'a laissée prendre ma valise et m'a précédée en meublant la gêne et le désir de descriptions inutiles.

Deux chambres se faisaient face. Il avait mis des draps propres dans celle de son coloc, si je voulais dormir là. À ma grande surprise, j'étais soulagée.

On est allés faire un tour dans les vignes, chacun sagement dans sa rangée. Enfin, il touchait au vin. Après un petit mois dans la propriété, il était certain de vouloir plaquer l'école et de s'inscrire en fac d'œnologie.

À propos de nous, rien. Juste ses regards si perçants que je me sentais fouillée, sondée sur ce que j'étais devenue, sans réponse. J'étais aussi silencieuse que je m'étais épanchée dans mes lettres. Il avait trouvé sa voie, prenait une décision d'adulte, alors c'était peut-être aussi mon tour.

Il a accompagné le dîner d'un bordeaux blanc qui m'a fait tourner la tête. J'ai évoqué une fatigue réelle et je suis allée me coucher. Il a déposé de tendres baisers sur mes joues, un peu plus moelleux et appuyés qu'à la gare, sa moustache tout près de mes lèvres.

Derrière la porte de la chambre, il y avait un verrou de poupée. Je l'ai lorgné en me déshabillant. Je n'avais plus envie qu'il débarque à l'improviste. Enfin, si, mais pas comme avant. Sans bruit, j'ai tiré le loquet.

La douceur de ces trois jours ensemble, juste à l'écouter parler, à l'effleurer, à découvrir un autre Éric. La seule chose qu'il n'ait pas mentionnée, ce sont les nanas qu'il met dans son lit.

Les hésitations de ses mains quand elles passaient près de moi, comme aimantées par mon corps mais retenues par un fil invisible ; les fulgurances de son regard heureux et si bleu, au sommet de la dune du Pilat, dans le vent, et son rire irrésistible quand je l'ai dévalée en roulant sur moi-même flottent encore dans ma tête. Lui était resté en surplomb, ses yeux à nouveau affamés parcourant mes courbes pendant que je remontais la pente.

Les deux soirs, le verrou est resté poussé. Malgré le désir qui me brouillait la pensée, je voulais voir. Voir ce que ça donnait, nous deux, sans cette dévoration des sens.

La seconde nuit, j'ai perçu un grincement. Dans la pénombre, j'ai deviné la poignée se baisser lentement, et un craquement bref. Après plusieurs minutes, j'ai expiré profondément, me rendant compte que j'avais retenu ma respiration tout ce temps.

La forme claire d'Éric esquisse un grand geste, là-bas, au bout du quai. Accoudée à la fenêtre, je remue les doigts. Il singe un coup de téléphone, je lui réponds par un sourire qui pourrait vouloir dire « oui, on s'appelle », comme rien du tout. Je m'assieds sans arriver à ouvrir le livre posé devant moi.

Le train Corail file dans un paysage de champs et de forêts. Paris se rapproche, puis ce sera la maison et, seulement au bout de cinq jours, l'école. Je me renfonce dans la banquette en skaï. Je ne vais pas tenir encore une semaine avec les parents.

V

Still Loving You

Arielle

Toute la crasse de la banlieue imprègne mes vêtements. Une heure que je suis dans le RER. Je lutte contre le trac, je construis une bulle. Mes yeux glissent sur les affiches, traversent les corps et les regards qui nous cernent, moi et mon sac à dos lourd pour deux semaines.

Je ne passe pas le week-end à l'école comme mes parents le croient, en préparation d'une dure rentrée. Les trois lettres en provenance de Bordeaux, une par jour, quatre feuillets chacune, ont vaincu mes résolutions.

Quand je suis allée le voir, Éric a compris. Il s'est rendu compte qu'il a été le pire des salauds. Il est sûr de lui, maintenant. Il comprend que je sois méfiante. Il monte à Paris ce week-end parce qu'il espère me voir. Ses parents sont absents. Il n'a rien prévu d'autre. Il me supplie.

Et moi, je bondis, j'accours, la peur au ventre, mais Éric est plus fort qu'elle.

Devant le pavillon de pierre meulière, je m'arrête. Je pose l'énorme sac à mes pieds. Il est encore temps. Ce ne serait pas très difficile de repartir jusqu'à la gare, de prendre un billet pour l'école, de lui rendre un tout petit peu du mal qu'il m'a fait.

Un rideau bouge, je perçois une cavalcade. La porte s'ouvre sur un diable rayonnant, et mes hésitations fondent. Il me serre dans ses bras, et ses lèvres embrassent nos larmes mêlées. Il m'aide à monter les trois marches du perron.

Il m'emmène dans la chambre de ses parents. Je suis intimidée par le haut lit, les photos de famille. Ils ne rentreront que demain soir. Ils sont à une conférence à l'autre bout de la France, la maison est à nous.

Il fait sortir le vieux chat noir qui me fixe et miaule. Ses mains décidées caressent mes seins, mon ventre. Il me dit que je suis belle. Il prend son temps, pour une fois. Il attend que mon désir monte. Il entre tellement facilement dans mon sexe qu'il en perd ses moyens, il ne maîtrise plus rien. Je me dépêche de lui dire que j'ai arrêté la pilule. Il se retire juste à temps. Son sperme reste sur mon ventre.

Il est gêné et ravi. Il m'avoue, sa lourde tête sur mes seins, qu'il n'a jamais eu autant envie de me faire un enfant.

Un bébé avec lui… Mes veines rétrécissent, le rouge quitte mon visage, le désir s'envole. Non, pas d'enfant. Jamais. Pas avec lui.

Son regard heureux et étincelant croise mon silence et le prend pour de l'émotion. Malgré tout, je m'accroche à mon amour retrouvé. Je m'agrippe à celui qui ne me fera plus de mal.

Je veux croire que je n'aurai plus jamais mal avec lui.

Inès

Me voilà enfin libérée de ces vacances pesantes, à faire bonne figure devant les allées et venues d'Arielle, les silences courroucés de Pierre, l'égoïsme inconscient de Diane et Baptiste qui me savent à leur entière disposition.

J'abandonne mon mari à ses comptes, je m'échappe à mon cours de dessin assisté par ordinateur. Une vague excitation monte, comme si j'enfreignais un interdit, comme si je leur volais ce temps précieux.

Mon mari. Le Bon Samaritain qui a ramassé la pécheresse dans la fange, accepté d'élever son enfant comme le sien. Et pourtant, ne voir que cette image, ce serait occulter la délicatesse de sa cour, la joie simple de ses premiers aveux. Il n'a pas connu de femme avant moi. À vingt-neuf ans, il espérait la *femme de sa vie*. Cela m'a tellement intimidée, au début, que le trouble de commettre un péché était bien plus fort qu'avec François.

On s'est rencontrés, on s'est aimés, on s'est mariés. Comme si rien ne m'était arrivé avant lui. Comme s'il avait fait partie du sérail auquel mes parents avaient tenté de me destiner, école-privée-rallye-jupe-plissée. J'ai même pu me marier en blanc. Mon grand-père, enterré depuis deux ans, ne pouvait plus imposer le grège de circonstance. Mon grand-père qui avait refusé net de rencontrer Arielle, l'enfant de la honte.

Je m'enfuis dans la petite 2CV vrombissante vers ma soupape, cet espace de liberté où je ne suis pas une mère de famille, une épouse catholique disciplinée. Là où je redeviens une artiste, une bosseuse, moi-même.

La jovialité du professeur m'accueille, je suis la première aujourd'hui. Je m'attable devant mon poste, affamée de reprendre mon travail là où je l'ai laissé il y a quinze jours. L'instructeur ne se doute pas de ma lutte pour obtenir le droit de mettre Diane et Baptiste à la cantine. Cela me fait gagner une demi-heure, je n'ai plus besoin de courir après les avoir raccompagnés à l'école, de trépigner jusqu'à ce que Diane ait mis ses chaussons de maternelle, accroché son manteau et m'ait fait le bisou rituel.

Le soir, l'exaspération de Pierre reprend, à propos des petits sagouins qui déjeunent à la cantine avec nos enfants, tout ça pour que j'apprenne… quoi ? Rien qui me servira jamais ? Et puis pourquoi j'ai besoin de travailler, il ne gagne pas assez ? Mais c'est ça que je veux, justement : travailler, avoir une vie, autre chose que les allers-retours à l'école et au poney, autre chose que mes tête-à-tête avec ma cuisine équipée. Je vais devenir folle. Il ne comprend pas que j'ai besoin de voir d'autres adultes que les mères de l'école, l'orthophoniste de Diane et le curé. Il ne comprend pas l'énergie que je déploie à peaufiner mon CV, à l'envoyer dans les agences de communication de la région.

Les cris finissent par faire descendre Arielle de sa tour d'ivoire, et nous considérer, éberluée.

Plus tard, elle sort de son mutisme pour me mettre sa question sous la gorge. Comment j'ai su que j'aimais Pierre, et d'ailleurs est-ce qu'on s'aime vraiment ?

Pourquoi ne nous prépare-t-on pas à répondre aux interrogations des adolescents ? Pourquoi ne puis-je opposer un proverbe ou un verset de la Bible à ses questions sans préavis ? Je pétris ma pâte brisée en cherchant une réplique. Est-ce qu'on peut aimer et être en colère ? Je détourne le regard de son mépris. Elle essuie ses mains en silence, pose le saladier de légumes.

Avant de retourner dans sa chambre, elle glisse qu'elle part deux jours en avance pour la rentrée, qu'elle a besoin de se concentrer sur ses cours.

J'avais aussi une excuse tirée par les cheveux quand j'ai filé à l'anglaise pour un week-end avec ma poupée de trois ans. Mes parents n'avaient pas creusé l'alibi. Après tout, j'étais majeure, je gagnais ma vie et je ne leur avais pas demandé de garder la petite. Je venais d'apprendre que

François avait divorcé de sa femme. Hors de moi qu'il ne me l'ait pas annoncé lui-même, hors d'haleine d'envisager les conséquences de mon coup de tête.

La 2CV lavande s'était mise en route, vibrant dans le vent du nord. Elle faisait face à l'étendue délavée, devant la maison de campagne qu'il avait achetée il y a peu. Joyeux et surpris de mon arrivée, François m'avait serrée dans ses bras comme une de ses grandes filles, avait fait sauter en l'air Arielle un peu effrayée et était allé lui montrer ses canards appelants. Ils avaient tous les deux pris quelques grains dans leurs mains pour leur en donner, et Arielle riait de peur en sentant les pincements de bec dans sa petite paume tendre.

Une belle brune, la trentaine décoiffée, était apparue dans l'encadrement de la porte-fenêtre. Elle s'était juste présentée par son prénom, me tendant la main, sourire franc et regard direct.

— J'ai beaucoup entendu parler de vous, Inès.

Alors, j'appartenais au passé.

J'étais restée moins d'une heure, refusant en peu de mots le repas, le café. Sur le chemin du retour, Arielle s'était endormie sur la banquette arrière. J'ai pleuré de rage. Je me suis juré alors que François ne l'approcherait plus.

Arielle

Depuis deux mois, un vendredi sur deux, j'attends Éric sur le quai du métro, face au wagon de tête, chargée de mon sac à dos. Ses baisers poivrés couvrent la puanteur environnante.

Une demi-heure plus tard, on pousse la porte du pavillon main dans la main. La présence affable de ses parents me gêne moins qu'avant. Sa mère m'accueille comme sa fille, surtout comme celle qui stabilise son turbulent petit dernier. Son père roule la pointe de sa moustache blanche en me souriant. Le vieux chat noir se coule entre les portes, indifférent à ma personne. On a officiellement le droit d'occuper la chambre du grand frère d'Éric, qui n'y habite plus depuis longtemps. La première fois, tétanisée par l'idée de faire l'amour au-dessus de la chambre de ses parents, je n'ai pas fermé l'œil. Depuis que je sais les ronflements de stentor de son père, je m'autorise quelques soupirs.

Souvent, on sort avec ses copains. On va et on vient à n'importe quelle heure. Éric trouve son linge plié et repassé sur son lit chaque dimanche après-midi.

Aujourd'hui, après l'amour, je réussis à lâcher : « Je crois que je suis frigide. » Le silence, la surprise et la déception dans son regard balaient mes paroles.

Il ne peut pas croire que je n'ai jamais joui. Même avec lui. Surtout pas avec lui. Je courbe la tête. Depuis combien de temps je ne lui montre rien ? Et, la première fois, est-ce que je me souviens de ce que je lui avais dit ?

Il cogne le matelas de son poing. Il me tourne le dos. Pleure-t-il ? Je perçois un soupir. J'attends, assise sur le bord du lit. Je me couche, doucement, sans le toucher. Son corps reste immobile. Il ne dort pas. Je n'ose pas me relâcher à côté de ce bloc hostile, opaque, étranger.

Au matin, on dirait qu'il a tout oublié.

Quand il m'embrasse sur le quai du métro, il me serre les épaules et plante les yeux dans les miens.

— Ne fais plus ça. Ne me mens plus.

Je sens ses doigts s'enfoncer dans ma chair. Les marques rouges restent une semaine avant de virer au bleu, puis au jaune.

Dans le train, je pense à tout ce que j'ai laissé pour lui, et j'ai soif de Mowgli. Ça fait une éternité que je ne me suis pas confiée à mon ami.

Françoise

Depuis que les stages ont dispersé les troisième année, c'est l'accalmie à l'école. Marc Benoist ne déboule plus dans mon bureau en furie. Après les premiers mois de cours, les autres étudiants se sont sérieusement mis au travail. La fin de l'année scolaire approche, ils ont une dernière chance de rectifier le tir.

Je me concentre sur les tâches quotidiennes, à la maison et au bureau. J'essaie de prêter une oreille suffisamment attentive à Lætitia qui se repose un peu trop depuis nos vacances bourguignonnes. Elle ne sort plus, ses copines ont disparu pendant l'intermède d'Izzo, elle n'ose plus les rappeler.

J'ai voulu voir Vézelay, et on a vu Vézelay. J'ai enfin contemplé l'abbatiale mythique grâce au stage d'Izzo dans l'Yonne.

Lætitia grimaçait devant les corps malformés des hauts-reliefs. D'Izzo ne faisait même pas l'effort de lever la tête. Sa principale occupation consistait à entraîner ma fille derrière les colonnes pour l'embrasser.

L'ensemble dégageait tellement de majesté que je me suis assise sur un banc. La statue de Marie-Madeleine m'observait en coin, cils baissés et mains jointes. Seul son déhanchement me parlait, cette puissance du corps indomptée par la religion.

Qu'est-ce qui m'avait pris de choisir cet itinéraire ? Une impulsion, trop de pouvoir de ma fille unique sur ma vie.

Sur le siège de ma Uno, j'ai attendu patiemment que Lætitia et son hidalgo reviennent, en écoutant distraitement la radio, sa rengaine imbécile sur les femmes libérées. Ma puce est arrivée, le regard chaviré d'orage. Silence opaque dans l'habitacle. Nous avons déposé d'Izzo devant le préfabriqué où il était hébergé. Les adieux ont été inhabituellement sobres. Lætitia est restée renfrognée quelques kilomètres, avant d'éclater en sanglots et de m'avouer que c'était fini.

J'ai pris un visage sincèrement désolé pour la première peine de cœur de mon petit oiseau blessé. J'ai enveloppé ses sanglots de mes bras.

Pineau nous a annoncé son départ pour la fin de l'année. Malgré ses cheveux blancs, je ne m'y attendais pas. Je vivais dans l'illusion que sa bienveillance continuerait de soutenir les élèves.

Marc Benoist a convié son remplaçant, un grand brun grisonnant sur les tempes, une voix de baryton diffusant à travers la cloison qui sépare les deux pièces. Je prétexte un courrier à faire signer pour déposer le papier sur le bureau de Marc. L'entretien touche à sa fin. Le futur professeur de statistiques se lève cérémonieusement. Marc, rouge d'excitation, m'introduit.

— Françoise Martin est ma dévouée secrétaire, mais surtout celle sans qui nous serions tous perdus, y compris les étudiants.

Je rosis et me maîtrise à temps pour ne pas faire une petite révérence. J'ai l'impression que nous sommes tous les deux ridicules. La voix grave se présente, Emmanuel Duquesne, et conclut dans un murmure qu'il espère me revoir bientôt. On se croirait presque dans les romans Harlequin que je pique en douce à ma fille.

À la maison, Lætitia n'est pas rentrée. Elle a peut-être enfin renoué avec ses amies. Je me sers un gin tonic et savoure, sur mon canapé, la phrase du nouveau professeur appuyant sur le « j'espère » final, son regard brun taché de vert, son sourire discret. Le « j'espère » résonne encore lorsque je prépare le dîner, vaguement inquiète de l'absence de Lætitia qui se prolonge.

Alors que je me demande si je ne vais pas passer quelques coups de fil à ses amies, ma fille entre en coup de vent, les cheveux noirs en bataille. Elle est défigurée par le désespoir et des traînées de rimmel. Je la prends dans mes bras comme si elle avait quatre ans et qu'elle venait de s'ouvrir le genou.

Les hoquets ne s'arrêtent pas, elle sanglote, s'abandonne complètement à moi.

Au bout de quelques minutes, les soubresauts s'espacent, sa bouche tordue articule seulement trois mots, une courte phrase, tellement bas, si bas, que d'abord je ne comprends pas. Elle ne les répète pas et, simplement prostrée, geint faiblement. Les trois mots chuchotés se fraient un chemin jusqu'à mon cerveau.

« Je. Suis. Enceinte. »

Arielle

Sur le quai dimanche soir, j'ai aperçu Mowgli sauter du wagon de queue. Il avait dû courir pour avoir sa correspondance.

De loin, je l'ai vu marquer un temps d'arrêt. En dépit de sa lenteur calculée, je l'ai attendu. On a cheminé côte à côte vers la résidence, moi un peu essoufflée parce qu'il s'était mis à marcher à grandes enjambées pour me semer. Je lui ai demandé comment s'était passé son week-end. Devant sa tête et son silence, je n'ai pas insisté. Il ne m'a pas posé de questions sur le mien, mais a accepté de dîner avec moi dans la cuisine du quatrième. On s'est ouvert du maïs et une boîte de pêches au sirop. Ça me changeait des repas gastronomiques d'Éric, mais on n'était pas là pour ça. Mowgli s'est détendu. Il a posé son regard de velours sur moi et cette phrase entre nous : il avait retrouvé Esther. J'ai englouti le morceau de pêche gluant que je venais de porter à ma bouche, ajouté que j'avais revu Éric. Malgré le hâle de ses dimanches en plein air, le sang s'est retiré de son visage. Est-ce que j'aimais souffrir ?

J'ai expliqué le verrou, l'Entre-deux-Mers, les lettres sincères, les séjours à Paris, le garçon amoureux qu'est maintenant Éric, son changement, l'accueil de sa famille.

Il s'est crispé : pourquoi je lui racontais ça ?

J'ai regardé le sirop dans mon assiette. Est-ce que je savais ? Je voulais juste qu'on soit à nouveau amis…

Il s'est levé d'un bond et m'a prise dans ses bras. Il m'a serrée un peu trop fort en tournant la tête vers le mur. Un truc n'allait pas. Sinon je ne lui en aurais pas parlé.

J'ai posé doucement la tête sur son épaule et j'ai chuchoté :

— Et toi, tu en es où avec Esther alors ?

Il a soupiré en continuant à regarder le mur.

— Va savoir.

Il a fallu qu'il me demande ouvertement ce que je faisais le week-end prochain, si j'avais l'intention de voir Éric ou de rentrer chez moi, pour que je me décide. Je préférais rester ici. Je lui ai dit en face que j'aimerais bien faire une balade en forêt.

La semaine s'étire, et je ne parle pas à Mowgli. Le jeudi soir et la boum sont sans entrain, sans Éric et sans âme. J'attends et j'appréhende la fin de la semaine, le départ du troupeau en transhumance. Juliette s'aperçoit que je ne m'active pas comme les autres vendredis, sac à dos bourré de linge sale pour la maison ou presque vide pour aller chez les parents d'Éric. Son regard clair me scrute quand je réponds que je fais une pause et je le soutiens.

Devant ma boîte aux lettres, je ne m'arrête pas pour vérifier si une enveloppe l'éclaire. Le bâtiment C est désert à l'exception des étudiants sans le sou et des exilés. Je suis l'anomalie au milieu des sudistes, des Alsaciens et des Bretons, d'un Caldoche et d'une Antillaise. Le lino vert usé des marches chuinte sous mes baskets, à la manière d'un ragot chuchoté dans toute la résidence.

Je me retrouve devant la porte de Mowgli sans oser frapper. Sa voix derrière moi me fait sursauter, il jaillit de la douche. Ses cheveux dégoulinent, une serviette ceint ses reins, de la vapeur monte de sa peau. Son torse est simplement dessiné, ses épaules blanches au-dessus de ses bras bronzés ne me font pas sourire. Pour une fois, je laisse mon regard errer sous son visage. Je reste silencieuse, comme si je découvrais un corps pour la première fois.

Il avale sa salive avant de m'inviter à entrer, pousse la porte tandis que d'autres pas résonnent dans le couloir.

— Retourne-toi, le temps que je m'habille.

Entre soupir et sourire, je m'incline vers la porte de la chambre minuscule pendant qu'il finit de se sécher. Avant qu'il fasse mine d'enfiler son jean à la va-vite, je lui fais face, je contemple son érection.

Je retire lentement mon T-shirt.

Mowgli reste là devant moi. Il s'approche doucement, saisit mon visage dans ses mains. Me demande pourquoi je fais ça.

Je ne sais pas d'où vient tout ce sel dans nos baisers, aussi timides que pour une première rencontre. Je ne sais pas d'où vient cette douceur sans rage, qui me submerge et qui le fait parcourir si lentement chaque portion de ma peau. Ses doigts s'enfoncent, d'abord lents et glissants, puis plus insistants. Je me cabre mais ne cède pas.

Je lui demande d'arrêter, de me baiser, enfin. Il refuse.

Et là, tout sort, en désordre. La douleur. Le sentiment de n'être rien. Pas normale. Les paroles de la gynéco. Celles que j'ai dites à Éric, celles que je lui ai cachées. Mowgli regarde au loin, me dit qu'il comprend mieux.

Il me raconte une soirée au quatrième, où Éric parlait des nanas qu'il se tapait. Il avait eu un mot pour décrire ce qu'il appréciait particulièrement. Il les aimait « serrées ». Ça veut dire, selon lui, qu'Éric aime les filles qui ne désirent pas, qui restent fermées. Il préfère percer le passage.

Il gronde dans sa barbe.

— Crois-moi, une fille qui désire n'a pas besoin d'être forcée. Là, je ne sais pas ce que tu veux, mais ce n'est pas moi.

— Ce n'est pas vrai. J'ai envie de toi.

Pour la première fois il me toise avec colère, pour la première fois ses iris ont viré au noir.

Et il craque. Il me baise. Il s'enfonce, débordé par une tendre fureur. Il me mange la bouche, les seins, il me pénètre, avec ses doigts ou son sexe, je ne sais pas. Et je me cambre encore et encore, jusqu'à ce que, les paupières closes, sans plus savoir où je suis, ni avec qui, une onde me submerge, me laisse comme morte, hors d'haleine, stupéfaite, ma vulve battant la chamade sans pouvoir s'arrêter.

Et lui rit et pleure en même temps, me caresse en souriant. Son sourire se fait grave, puis s'évanouit.

— Va-t'en. Maintenant, va-t'en.

Mowgli

Je fonce dans la forêt. Il y a une éternité, on a joué à cache-cache ici avec Arielle. On jouait aux cons sur les troncs couchés, je faisais semblant de courir moins vite qu'elle… C'était quoi, cette comédie ?

Plutôt donner des coups de poing dans les arbres… à la place, je les enfonce dans mes poches. Me ferme à ses coups d'œil furtifs. Garde la bouche close. Je ne donnerai pas le moindre indice sur la tempête qui cogne entre mes côtes. Qui fait blanchir mes jointures, au fond de mon jean. À l'abri de l'enfance, de ses regards trop doux.

Épuisés, mes grands idéaux. Une fille qui remplirait ma vie du début à la fin. La fusion de nos corps, de nos âmes. Ce choix toxique m'a vidé. Chacune à leur tour, elles se jouent de mon désir. La blonde, la brune. Je suis pris dans leur tourbillon, je bois la tasse de l'une à l'autre. Je ne sais que m'accrocher à une branche, puis à une autre. Pas meilleur, pas pire que n'importe quel mec. Quelconque.

Arielle trottine pour ne pas être semée. À quoi servent ses jambes interminables ? Elle voulait revenir dans cette forêt gothique. Pourquoi, pour que sa grandeur soit témoin de notre petitesse ? À quoi bon disserter, questionner, expliquer ? C'est bien un truc de fille. Refaire le monde, refaire l'histoire, analyser les sentiments. Tout ça pour quoi ?

Il faut que ça tombe sur moi. Comme si j'avais déjà eu ma part de bonheur avec Esther, comme si j'avais déjà utilisé toutes mes balles au flipper.

Esther et son regard pénétrant. Ses parents silencieux, ne tirant aucune conclusion de mes visites, habitués aux secrets de leur princesse aux longs cils.

Mais surtout, mes yeux fuyant les siens, si profonds, si graves, quand elle m'a dit, arrêtant mes mains, au petit matin, que je n'étais pas vraiment avec elle.

Ma lâcheté alors, l'absence de réponse, mon jean et mon T-shirt que j'ai enfilés sans la regarder, surtout ne pas voir les deux perles qui glissaient sur ses joues. À quoi bon ? Dès que j'ai croisé cette Arielle au regard flou qui faisait n'importe quoi de sa vie, dès ce moment, Esther et moi, nous étions morts l'un à l'autre.

Le week-end dernier, Guillaume a jeté sa ligne dans la Canche sans me poser de questions. On a attrapé chacun une truite presque au même moment. La sienne, un peu paresseuse, s'est laissé décrocher sans faire de difficultés. Je me suis blessé avec l'hameçon en attrapant la mienne, j'ai enfoncé avec rage mes doigts ensanglantés dans ses ouïes, l'ai tapée d'un coup sec contre le bord du seau, sous le regard placide de mon copain. Après un silence, il a évoqué la colo de cet été, le besoin d'animateurs supplémentaires. Je lui ai dit que j'en étais, mais ça ne suffisait pas. Il a évoqué Arielle dont il avait compris, sans que je le lui dise, qu'elle comptait pour moi.

Arielle et ses dizaines d'amants. Est-ce qu'il fallait que je perde aussi mon ami ? Je ne l'ai pas regardé, j'ai juste serré les mâchoires.

— Je ne sais pas si c'est une bonne idée.

Comment je pourrais ? Comment je pourrais demander quoi que ce soit à Arielle ? Est-ce que je ne suis pas déjà complètement à sa merci ? Il faudrait que je lui apporte mon meilleur pote sur un plateau, qu'elle le déguste devant moi, pour ensuite retourner dans les bras du barbu et nous laisser tous les deux exsangues, détruits et fâchés ?

Une biche surgit des fougères derrière le hêtre et bondit au-dessus des fourrés en s'éloignant, puis s'arrête un peu plus loin et nous fixe de ses tendres prunelles. Arielle en profite pour me rejoindre et glisse sa main dans la mienne. Je ne réponds pas à son regard trop doux, trop flou, qui va m'aspirer. Mais je ne retire pas ma main.

Arielle

Le train me secoue dans tous les sens. Le paysage vert-de-gris se délaie, déformé par la vitesse, en direction de l'école. Les fines gouttes défilent à l'horizontale. Elles cherchent leur chemin, hésitantes.

Vendredi, j'étais résolue. Mowgli ne représenterait qu'un ami. Je ne jouerais plus à cache-cache avec lui. J'avais besoin d'Éric comme s'il était mon père et ma mère, je n'allais pas le laisser s'échapper maintenant qu'il était à moi. Il m'avait tellement trompée, qu'est-ce que ça changeait que, moi, je l'aie fait une seule fois ? Je lui expliquerais. Il comprendrait.

Sur le quai du métro, j'ai attendu longtemps Éric. Une pierre dans le ventre, je m'apprêtais à changer de souterrain quand il est arrivé. Il m'a fait signe à l'autre bout du quai, les lèvres serrées, juste avant que je reparte dans l'escalier.

Pétrifiée, un pieu dans la foule qui s'écartait, je l'ai laissé venir sans oser courir à sa rencontre, malgré la chaleur qui envahissait mon corps et le chagrin qui m'étranglait. Son visage calme, ses traits tirés m'en empêchaient. Secouées par les virages du métro, nos cuisses, juste à côté l'une de l'autre, se touchaient au gré des à-coups. J'ai remarqué que les siennes étaient beaucoup plus courtes que les miennes et j'ai revu celles de Mowgli, déliées et nerveuses.

Le dîner était prêt. On a répondu aux questions rituelles sur notre semaine. Je me faisais l'impression de jouer un rôle, celui de la jeune fille de la maison répondant à ses parents, à côté de lui, silencieusement excédé par la douce inquisition.

On est montés se coucher tôt. Éric s'est allongé tout habillé sur le lit, sans retirer ses chaussures qui avaient pourtant arpenté le métro. Il m'a demandé ce que je comptais faire. J'ai bafouillé, je, moi, rien. Je me suis déshabillée comme d'habitude. Ses mains sont restées sur son jean pendant qu'il me regardait, nue, allongée à côté de lui. Je ressemblais à un modèle du XIXe siècle lors d'un déjeuner sur l'herbe.

— Tu crois que je ne sais pas ce qui se passe à la résidence ? Moi, j'ai changé pour toi. Et toi, qu'est-ce que tu fous ?

Ce n'était qu'une fois, c'est un ami, je ne l'aime pas vraiment… Les mots que j'aurais voulu dire se sont mélangés et ne sont pas sortis. Comment l'avait-il appris ?

Ma gorge s'est serrée, j'ai compris que je pouvais bousiller notre amour avec mes conneries. Même s'il avait commis cent fois pire, nous en étions là. Il pouvait me quitter à cause de cette seule et unique fois.

Je me suis redressée. Ma poitrine m'oppressait toujours, mais j'ai réussi à lui dire que Mowgli était juste mon ami et que je ne recommencerais pas.

— Je n'ai pas envie de te perdre.

Il s'est adouci, m'a cueillie de ses baisers, a déboutonné son jean, dans la précipitation du manque qui débordait. Combien, trois semaines qu'on ne s'était pas vus ? Il m'a marquée de suçons, a repris possession de ce corps blanc qu'il a ouvert en propriétaire. J'ai simulé, pas trop, juste assez pour qu'il soit ému et qu'il continue de m'aimer et d'avoir confiance. Il ne m'a pas demandé si c'était du plaisir. Le plus important, c'était qu'il soit encore à moi.

Samedi, on s'est posés à une terrasse de café pour attendre ses copains. Éric s'est éclipsé aux toilettes pendant que je sirotais mon chocolat chaud. Dehors, un vieux beau en trench-coat, cheveux blancs coiffés en arrière, m'a regardée fixement avant de remonter dans sa voiture, comme s'il me connaissait. J'ai songé que ça pouvait être mon père. Une vague de honte m'a submergée. Je n'avais pas envie d'être vue avec Éric. Je n'avais pas envie de le présenter un jour à ce père que j'imaginais, semblable à cet homme, très grand, très beau et très chic.

Quand Éric est revenu, un goût métallique s'est mélangé au chocolat chaud. Mes yeux ont recommencé à piquer.

Dimanche, il a fallu que je rentre à la maison pour les anniversaires de Diane et Baptiste, regroupés pour l'occasion. Après le café, la sempiternelle promenade digestive avait quelque chose d'obligatoire. Mamounia a pris mon bras et de l'avance sur les autres. Seuls Diane et Baptiste étrennaient leurs rollers à grands cris, loin devant nous.

Je ne sais pas comment Mamounia a su que je cherche mon père. Je ne l'ai pas contredite, même si j'aurais voulu avoir cette force. Elle a décidé de me révéler « ce qui s'est vraiment passé ».

Quand je suis née, Maman allait très mal. Elle n'était pas capable de me garder. Papy et Mamounia ont assisté à la messe de la Sainte Famille. Ils ont compris que c'était leur devoir de rester aux côtés de Maman et de l'aider à m'élever.

Ce que ma mère n'arrive pas à me dire, c'est que mon père l'a violée. D'après ma grand-mère, il fallait que je le sache.

Je n'y ai pas cru une seconde. Et puis quoi encore ? J'ai planté les yeux dans ceux de Mamounia et lui ai souri crânement.

Parfois, deux gouttes de pluie fusionnent et poursuivent leur course, ballottées par les tremblements du wagon. Jamais elles ne se séparent. Quand l'une d'elles est trop grosse, elle coule en bas de la vitre et disparaît.

Françoise

Ma maison est devenue le repaire de la bande du quatrième. Il n'y a que d'Izzo qui ne soit pas le bienvenu. Ils se posent chez moi comme chez une sorte de maman infiniment patiente. Je ne fais aucune remarque quand Éric sert à Arielle son lait-Malibu, quand elle s'assied sur ses genoux, qu'il la pelote en douce. Parfois, ils sont tellement bourrés que je leur prépare la chambre d'amis.

Ce soir, sous les nuages d'été, Éric sautille aux platines installées devant les baies vitrées, grandes ouvertes sur le jardin. Hors de la présence d'Arielle, il reprend sa gouaille de lutin jovial. Dès qu'il aura présenté sa soutenance, demain, il filera à Bordeaux où l'attend sa nouvelle conquête. Il me l'a appris tout à l'heure, un peu honteux. Je ne lui ai pas demandé si Arielle venait ce soir, ainsi que tous les vendredis depuis un mois. J'imagine que non.

Je m'active entre le jardin, où la nappe disparaît sous les victuailles et les bouteilles, et la cuisine, où Lætitia et

Emmanuel tartinent des montagnes de canapés. Emmanuel lâche le couteau à beurre pour m'enlacer sous le regard gris foncé de ma fille.

On dirait qu'il a toujours été là, sa présence tranquille me rassure. Il m'entraîne dans le salon, me fait virevolter malgré mes rires de dénégation. J'ai encore les gâteaux à disposer sur les plats. Cette fête est une grande respiration après cette année sous l'eau. Le prétexte, peu importe. La dernière semaine des troisième année, notre premier mois ensemble avec Emmanuel, l'anniversaire de Lætitia, ça m'est égal.

Lætitia se fiche de ses seize bougies, c'est déjà bien qu'elle soit là. Je vole dans les plumes de tout intrus qui pourrait agresser à nouveau mon petit oiseau.

Il a fallu l'emmener à l'hôpital un de ces matins de brouillard que seule cette vallée sait produire en plein mois de juin. Affronter les regards méprisants des sages-femmes, les visages incrédules des futures mères dans la salle d'attente. Tenir bon devant la morgue de l'obstétricien qui refusait que j'accompagne ma fille en salle d'accouchement. En salle *d'accouchement*… La serrer dans mes bras pendant qu'elle hurlait. Me retenir de cracher sur la sage-femme qui lui ordonnait de se taire, et claironnait qu'elle devrait avoir honte de pleurer alors qu'elle était en train de tuer son bébé. M'interposer entre ma fille et le machin sanguinolent qu'elle voulait lui montrer pour la traumatiser un peu plus. Repartir en la portant presque, paquet de douleur, sans une ordonnance, même pas un cachet pour qu'elle puisse tenir le coup. Pleurer ensemble dans la voiture, lui chuchoter qu'elle n'est pas un monstre, qu'elle survivra à ça et connaîtra le bonheur, et la vie, et l'amour. Que tout ça n'est qu'un accident.

Le regard vitreux de Lætitia se pose sur notre bonheur, notre vie et notre amour, il s'envole quelque part derrière la haie, le barbecue, les rayons du soleil. Il se perd dans un futur incertain, peut-être pas si sombre. Être dans l'action l'empêchera de penser. Je glisse des mains d'Emmanuel et de son rire pour revenir à côté d'elle. Je lui demande de l'aide pour les gâteaux. Elle soupire et s'exécute.

Son visage s'éclaire quand elle voit débarquer ses deux copines. Derrière elles entre au compte-gouttes la bande du quatrième. Évidemment, chacun apporte une bouteille. La musique monte d'un cran. Les glaçons tintent dans les verres. Éric cumule avec entrain les rôles de DJ et de barman. Les soutenances sont prêtes. Plus de stress, plus d'enjeu.

Occupé à servir ses copains et les amies de Lætitia, Éric n'a pas vu arriver une silhouette pâle malgré la lumière dorée du début de l'été. Je sursaute et lui lance un coup d'œil interrogateur. Il découvre Arielle. Ses cernes mangent son visage blanc. Elle reste plantée dans l'encadrement de la porte, sans mot dire. Comme si de rien n'était, il lui prépare un lait-Malibu et le lui tend. Sous les regards en biais et les sourires de pitié, elle s'installe avec les trois jeunes filles sur le bout du canapé.

Après tout, c'est son problème. Je retourne à mes préparatifs. Des gens du quartier et d'autres étudiants débarquent. On ne s'entend plus, les corps balancent. Emmanuel fait la conquête de mes voisins, eux qui le regardaient de travers il y a quelques semaines, quand sa Saab grise restait garée jusqu'au matin devant la maison. Arielle est invisible. Elle est peut-être repartie, ou bien à la cuisine avec les filles. Lætitia circule, portant un plateau de canapés au saumon. Mon oiseau sombre a retrouvé le sourire. Je me laisse porter par le rock endiablé d'Emmanuel.

Le soir se teinte de bleu. Le son monte sans crainte. Les slows s'annoncent en même temps que la lune. La nuit est parfaite, elle nous enveloppe de sa tiédeur. Les lèvres d'Emmanuel se posent sur les miennes. Je savoure tout ce qu'il m'a offert depuis un mois, les fleurs posées sur mon bureau dès la première réunion, une invitation à dîner et un numéro de téléphone, des soirées à m'écouter, à se raconter nos blessures, nos vies cabossées, ma fille à fleur de peau, ses fils loin de lui. Ce sentiment de se connaître déjà après si peu de temps ensemble, cette patience, cette douceur. Je savoure jalousement ma chance.

La musique de Scorpions me tire de ma rêverie, je n'aime pas ce slow trop langoureux, trop aigu, trop douloureux. J'ouvre les yeux. Arielle est là, dans les bras d'Éric, son long cou penché sur son épaule. Elle s'accroche à lui comme à un radeau.

Je vais à la cuisine mettre en route un premier lave-vaisselle. Éric m'annonce qu'Arielle voudrait rester dormir.

— Laisse-moi en dehors de ça. Elle le sait, au moins, que tu as quelqu'un à Bordeaux ?

Il opine et tourne les talons en évitant mon regard. Les voisins passent la tête avant de s'éclipser, me complimentent, suggèrent de refaire ça en septembre.

J'apprécie. La bande du quatrième part à son tour. Je leur fais promettre de ne pas chanter dans ma rue.

Ils obéissent gentiment. Je ne vois pas Arielle. Elle a déjà dû monter à l'étage. Les rires complices de Lætitia et ses amies fusent de leur chambre, tout le monde va passer une bonne nuit. Il me semble percevoir des sons étouffés au bout du couloir. Je ne suis pas sûre d'avoir bien entendu. Des pleurs peut-être ?

Au matin, je descends sans bruit. Pendant que je prépare le plateau du petit déjeuner, une ombre se glisse dans le séjour. Je sors un instant de la cuisine. Les doigts tremblants, Arielle, assise au bord du canapé, lace ses baskets. Les traits brouillés, elle sursaute en me voyant, bafouille quelque chose et se sauve presque en courant. Elle a fini par comprendre, quand même.

Je monte le plateau et réveille doucement mon amoureux, qui m'offre son plus beau bâillement d'ours. Que demander de plus ?

Arielle

Je ne sais pas vers quoi je me dirige, toutes les rues se ressemblent. Leurs noms floraux – sente des Pissenlits, impasse des Roses, rue des Pensées –, ces noms mièvres se succèdent sur des panneaux trop verts, trop neufs, le long de haies trop bien taillées qui enserrent des pavillons proprets, tous identiques à celui de Françoise.

Est-ce qu'elle sait, est-ce qu'elle se doute, est-ce qu'elle m'a seulement vue ce matin, ou était-ce son fantôme ? Est-ce qu'elle a entendu, cette nuit, ou étaient-ce des voix, une rumeur mêlée aux rires des copines de sa fille, est-ce qu'elle m'a entendue hurler tout bas dans la nuit ?

J'avance dans ces rues sans plus aucun nom, dans ce no man's land qui sépare les lotissements bien coiffés de la ville nouvelle, grise malgré le soleil aveuglant de juin. Comme un automate, je franchis les passages cloutés, au vert, au rouge, je ne sais plus. Je franchis les passerelles, les dalles, les parkings, je me retrouve, je ne sais comment, sur celui de la résidence. Est-ce que j'habite ici, est-ce qu'il faut vraiment que j'entre dans ce bâtiment, que je monte cet escalier jusqu'au quatrième étage ?

Hier soir, j'y croyais, je pensais qu'il pourrait m'aimer encore, que j'arriverais, comme après chaque rupture, à le rattraper, à ce qu'il veuille encore de moi, malgré le combiné luisant, malgré mon silence accueillant ses derniers mots avant de raccrocher. « Ne viens pas chez Françoise. Ça ne sert à rien. »

Hier soir, j'ai couru dans ces rues, au coucher du soleil… L'espoir fou qu'il me reprenne dans ses bras, que ses mains sur mon corps soient le signe de quelque chose de fort. Que sa rage à m'embrasser soit autre chose que l'envie de me consommer. Que la porte fermée derrière lui, moi déjà allongée sur le lit, soit le signe que cette nuit allait être le commencement d'une vie où on formerait un couple, une histoire à deux. Que ses mains sur moi et tout de suite sa bite qui s'enfonce en moi, comme un coup, soient autre chose que l'envie machinale de prendre ce qui est là et d'en user.

Et cette fois mes larmes coulent, et je geins doucement, je ne dois pas me faire remarquer – que vont penser les filles ? Que va penser Françoise si elle m'entend ? –, je pleure le plus silencieusement possible. Éric tient fermement mes hanches immobiles. Ses mains décidées me retournent, et soudain mon cul est transpercé, troué méthodiquement tandis que je murmure, non, non, non. Au rythme des coups, je crie à chaque seconde, et je crève encore, et il continue, il me pétrit et me tient serrée. Malgré les non, il va jusqu'au bout, grogne en jouissant et se jette sur le dos. Il se tourne, puis s'endort aussitôt.

Et je reste là, allongée dos à lui, les yeux grands ouverts devant le mur blanc qui a vu et entendu, et qui ne dit rien, nuit blanche des yeux écarquillés, les gouttes de sel séchées, les non ravalés, le corps tétanisé qui ne veut pas se lever, qui ne veut pas bouger, qui ne veut pas mourir.

Inès

Je n'y ai pas cru quand j'ai ouvert l'enveloppe de l'école. Dixième sur quatre-vingts. Ma fille, après un premier trimestre catastrophique, une quasi-exclusion, ma poupée dans les dix premiers !

Comme une enfant, j'ai brandi le bulletin devant Pierre qui s'est récrié. Arielle aurait dû débarquer du train, un sourire fier aux lèvres, la main agitée au-dessus de la tête, son sac surchargé d'affaires pesant à peine sur ses épaules déjà bronzées. Elle aurait dû nous inonder de sa joie, de sa revanche durement gagnée. Nous l'aurions entourée de vivats, je serais allée acheter du mascarpone, Diane et Baptiste auraient confectionné un fondant au chocolat pour fêter le retour glorieux de leur idole.

Elle n'a pas voulu que l'on se dérange jusqu'à Paris. Elle m'a appelée de la petite gare, tandis que le soir s'installe dans le souterrain.

Elle jette le sac sur la banquette arrière de la 2CV et s'affale sans un mot à côté de moi.

Je la félicite, exulte en la prenant dans mes bras. Elle a un léger mouvement de recul, puis consent à mes baisers avec un soupir contenu. Je me sens prise en faute, comme si je commettais un abus de tendresse. Je m'éloigne, un étau serre ma gorge.

Dans le silence qui s'impose, rythmé par les changements de vitesse de la 2CV, je revois ma mère, assise à côté de moi au bord de mon lit, quand les mots sont sortis de ma bouche. Quand les mots « François Berneuil m'a violée » ont été articulés avec tant de clarté, tant de simplicité, alors que c'était la tempête à l'intérieur de moi, alors que je n'arrivais même pas à prononcer mon propre nom, mon propre non. Maman m'avait prise dans ses bras et avait pleuré. Pas avec moi, non. Sur moi, ou peut-être sur elle-même, en murmurant : « On n'apprend jamais rien à ses enfants… » Et mon cœur s'était arrêté quelques secondes, tandis que j'oubliais instantanément ce que je venais d'avouer, pour me fondre dans les mots et le corps de Maman. Qu'est-ce qu'elle voulait dire, qu'est-ce qu'elle avait vécu au juste ? Et mes pleurs, jumeaux des siens, versés sur elle plutôt que sur moi, sur notre incapacité à rompre le fil de la répétition fatale, à nouer celui du partage, de la parole.

Je croise le profil perdu d'Arielle. Elle s'absorbe dans la contemplation des lourdes frondaisons tandis que la 2CV poussive part à l'assaut de la côte. J'essaie de tisser le lien perdu depuis des générations de mères et de filles de bonne famille.

— Je suis juste fatiguée, je voudrais me laver, murmure-t-elle.

Elle m'adresse un sourire rassurant. Qu'est-ce que je peux m'inquiéter pour rien, parfois... Pas étonnant, après une telle année, qu'elle se sente épuisée. Je vais la chouchouter, profiter de chaque instant de silence pour tenter d'entrer en communication avec elle, malgré la porte de la chambre fermée, la salle de bains occupée pendant des heures, les courtes apparitions dans la cuisine pour un service éclair, les informations de dernière minute sur ses allées et venues. Et la salle de bains encore verrouillée, sa peau récurée, décapée, desquamée.

Essayer, pendant cet été où elle s'évapore, tel un fantôme resté trop longtemps parmi nous, de fixer des instants côte à côte, de gâteaux cuisinés ensemble, d'allers-retours jusqu'à la bouée, de balades à vélo, nos sonnettes grêles se répondant sous les pins. Tenter de décoder ses silences.

On n'apprend jamais rien à ses enfants. Alors, je dois me résoudre à la laisser faire son chemin, frêle et pâle, dans cet été en demi-teinte où tout paraîtra calme sans elle. Malgré les cris des enfants sur la plage. Vivre sans elle leurs premières fois. Pour la première fois lui permettre de partir loin de nous, vivre on ne sait quoi. Je ne lui aurai rien appris. Rien n'aura servi à rien.

VI

Tainted Love

Arielle

Le torse du garçon brun est aussi lisse que son petit menton carré. Sérieux, il revendique seize ans, mais il ne doit pas les avoir. Ses mains douces flottent, hésitantes, sur mon corps.

— Tu sais te retenir ?

Je lui explique avant qu'il soit trop tard. Je joue à la femme avertie. Du haut de mes dix-sept ans, je lui apprends la vie. Lui, sous le coup de sa première fois, se renverse à côté de moi, tout en haut des bottes de foin, au fond du hangar, sur une vieille couverture qui nous protège des chardons. Tristan éperdu, il me cherche des yeux. Il est gênant. Je glisse le long d'un toboggan de paille pour rejoindre Patricia et le troupeau de chèvres qui montent déjà à l'assaut de l'alpage.

Éric m'avait trouvé ce stage chez un chevrier, à quelques kilomètres du chalet de ses parents. Je n'ai pas eu l'énergie d'en chercher un autre. Je vis dans la terreur sourde de le croiser, lui, ou ses parents. Avec la petite sœur du chevrier, on court les garçons du canton. Ils tournent autour du troupeau le jour, des bals de village le soir. Entre le 14 juillet et le 15 août, la vallée recense plus d'un bal par semaine.

Patricia a quinze ans, elle compte arrêter le CFA et se débarrasser de sa virginité le plus vite possible. Elle me tanne pour que je lui prodigue des conseils. Les mots ne sortent pas. Elle prend ça pour de la fierté. Au fond, on s'en fiche. Tant qu'on se marre bien.

Au bal du 14 juillet, deux chasseurs alpins, de vrais hommes poilus et musclés, nous cherchent lourdement et nous pourchassent. On se cache derrière un vieux tracteur rouillé, le cœur battant. Quand ils abandonnent enfin, je vomis et je suis incapable de me lever. Longtemps après leur départ, je reste seule, paralysée dans la nuit. Patricia revient au petit matin me chercher avec son frère.

Un samedi, on croise Éric et d'Izzo à la terrasse d'un café. Je tire Patricia vers l'autre trottoir, mais elle est tentée par les sourires affables et la bière fraîche. Mon corps est raide, aussi glacé que les chaises en fer. Je voudrais filer, laisser Patricia aux belles paroles de l'Italien, dévaler tout droit la rue en pente raide jusqu'à la ferme. Comme derrière le tracteur, mes jambes inertes refusent de bouger, j'affiche un sourire lisse, je ne sais même pas ce que je réponds. Patricia prend des heures à terminer sa bière et ne consent à repartir qu'à contrecœur, après avoir obtenu des garçons la promesse de se voir bientôt. Je lui ai juste confié qu'Éric était mon ex. Qu'est-ce que je pourrais ajouter, de toute façon ?

Deux jours plus tard, la 205 GTI noire s'arrête devant la ferme pendant la sieste des adultes. Patricia est pimpante dans son minishort et son petit haut bouffant en dentelle. J'ai juste enfilé un jean et un T-shirt. Est-ce pour ne pas la laisser seule que je les suis ?

Dans la voiture secouée à chaque virage par les coups de volant d'Éric, les cris de Patricia et les rires des garçons fusent. Moi, je reconnais cette conduite saccadée, qui effraie les filles pour qu'elles demandent ensuite à être dorlotées, et qui me laisse atone à l'arrière.

Au chalet, on joue sur le Macintosh tout neuf d'Éric à dézinguer des avions. Il nous fait écouter ses derniers disques. D'Izzo en profite pour danser un slow avec Patricia, et ils disparaissent dans une chambre.

Je me lève brusquement, Éric croit que c'est pour danser aussi, mais je fuis vers la fenêtre, comme si un secours pouvait arriver par le ciel. Il s'approche doucement, se plaque derrière moi en effleurant mes seins.

— Ma copine n'arrive que la semaine prochaine. Si tu veux, j'ai enregistré un film sur Canal+. On peut aller le regarder ensemble.

Le miracle s'accomplit, la petite Peugeot bleue de ses parents se gare, juste au-dessous de nous. Je suis couverte de sueur mais je respire.

Patricia est décoiffée. Son petit haut mal ajusté s'attire un sourire amusé du père d'Éric. La GTI nous raccompagne à toute vitesse, sans rires et sans cris. Patricia embrasse longuement d'Izzo pendant que j'attends devant la ferme. Je ne me retourne pas.

Mowgli

On était bien, avec Guillaume, à remplir les malles de matériel pour la colo. Guillaume est aussi méticuleux que je suis bordélique. Il a eu gain de cause pour faire venir Arielle. Mon silence et mes grognements sont restés inutiles.

On est partis marcher, côte à côte, des collets dans les poches. On les a posés chacun de son côté, sans se concerter, idéalement situés pour qu'un lièvre qui aurait échappé aux deux premiers tombe à coup sûr dans le troisième. L'habitude. La confiance. Je ne voulais pas perdre ça.

Arielle m'a à peine adressé la parole avant de se tirer en stage, le dernier jour. Elle voulait bien venir animer la colonie. Elle répondait du bout des lèvres comme elle aurait répondu n'importe quoi. Son regard absent n'a même pas eu le courage de fixer le mien, chargé de questions. J'ai haussé le ton, on n'aurait peut-être pas besoin d'elle.

Je déteste l'idée qu'elle puisse m'imaginer en demande. Elle est partie en avance vers la gare, étrangement fatiguée de tout.

Il est évident que je ne représente rien pour elle.

Ma 104 attend Arielle devant la gare de Montreuil. Rester froid et distant. Me protéger de ses yeux doux. La regarder venir, avec son barda, ses Pataugas trop grands et son short trop court. Me concentrer sur la route, ignorer ses coups d'œil penauds. La laisser s'installer à la maison, avec maman qui ne sait comment l'aborder. Finir les préparatifs avec Guillaume.

Et puis m'abandonner au jeu, à l'enthousiasme des gosses. M'attendrir quand le plus jeune a un coup de blues au coucher et réclame les bras d'Arielle pour un câlin. M'étonner qu'elle se tienne à distance de Guillaume, ne tente rien malgré mes balades solitaires et mes ravitaillements avec sa 4L. Les regarder préparer un repas trappeur avec cinq gamins et me dire que je suis trop con.

J'accepte enfin d'ouvrir la bouche en présence d'Arielle. De rire devant elle. De faire l'idiot habillé en fou du roi pendant la veillée, les enfants dansant autour de moi comme des Indiens surexcités. De passer une nuit à essayer de comprendre, tous les trois autour du feu mourant, pourquoi Arielle ne contacte toujours pas son père.

Je m'efface, je sors de sa vie, me perds dans le déroulement de la colo, concentré sur les mômes, les jeux, les veillées, me jette à corps perdu dans le bois avec les gosses à mes trousses, sans plus me soucier de savoir si les regards de mes deux amis vont se croiser, s'entrelacer, s'apprivoiser et se fondre. Je ne pose plus de questions, laissant Arielle à son mutisme et Guillaume à sa timidité. Je me tire à la fin du camp sans même la conduire à la gare. Ne plus croiser son regard, ne plus lui permettre de s'enfoncer en moi.

Arielle

Pourquoi suis-je venue ? Pour faire plaisir à Mowgli ? Pour gagner une semaine de plus loin de la maison ?

Après la nuit chez les parents de Mowgli, chacun à un bout de la ferme hantée de mille craquements, je suis tombée en arrêt devant Guillaume. Il est brun, parle peu. Sous les sourcils broussailleux, des yeux mordorés qui font semblant de ne pas se poser trop souvent sur moi. Sauf que je les sens fixer ma nuque, le moindre de mes mouvements, puis vite s'éclipser dans une autre direction. Des gestes précis et habitués à charger à bloc sa 4L. Des mains de guitariste, plus fines et nerveuses que celles de son copain. Mon regard l'effleure comme une risée la mer. Il se retourne parfois sous la caresse invisible, immobile un quart de seconde, un pli rieur au coin des yeux.

Je ne sais plus exactement quand je suis devenue fille. Peut-être quand l'insistance de celui d'un garçon, il y a deux ans, m'a donné des frissons en glissant sur mon corps. Il avait le même que Guillaume aujourd'hui, un peu étonné, intimidé. Je souris intérieurement. Je me sens femme désormais.

Dès le premier jour, j'ai prévenu les gars : je ne serais pas leur mère, même si je veux bien jouer ce rôle pour les gosses. Après tout Baptiste a le même âge, je ne suis pas dépaysée. Mowgli est parti bouder, mais Guillaume est resté là, bras ballants, coincé entre son ami d'enfance et cette nouvelle venue dont Mowgli ne semble pas lui avoir dit grand-chose.

Mowgli a râlé, mais on s'est quand même réparti l'intendance par roulement. De toute façon, ce sont les garçons qui font les courses à tour de rôle. Guillaume a une vieille 4L, il m'apprend à la conduire dans le champ. J'ai failli la mettre dans la rivière, mais il a rattrapé le volant.

Quand Mowgli nous a laissés pour les courses quotidiennes, au début, la gêne était palpable. Mais, le troisième jour, un des gamins est venu, essoufflé, me dire que Guillaume avait besoin de moi pour dessiner les panneaux du grand jeu de l'après-midi. Pendant que les enfants faisaient une partie de cartes, on a dessiné chacun à son tour un animal. Je tentais de rivaliser du mieux possible. L'atelier s'est transformé en match de dessins humoristiques. On a failli se faire engueuler par Mowgli, quand il est rentré et que l'activité n'était pas prête.

Lorsque je les observe tous les deux, affairés avec les petits ou sortant leurs guitares au coin de feu, je vois deux frères inséparables.

Le regard de Mowgli n'est jamais loin. Il ne pourra jamais me faire du mal. Et moi, je ne pourrai jamais l'aimer, c'est comme ça. Quand je cherche Guillaume, mon cœur bat un peu fort. Je suis morte de trouille. Tomber amoureuse d'un autre garçon, là, maintenant ? Ma gorge se serre, je ne me sens pas prête.

L'autre soir, après avoir couché les enfants, j'en ai voulu à Mowgli d'avoir évoqué mon père. Mais ce n'est pas lui qui m'a fait pleurer. Quand j'ai lu l'incompréhension et l'incrédulité dans le regard de Guillaume, ses doigts tapotant nerveusement sa guitare, j'ai paniqué. Avec lui, il va falloir que je me bouge. Et je suis paralysée.

Aujourd'hui, il a dit à Mowgli que ce serait nous qui irions faire les courses. Au volant de la 4L, il conduit avec fébrilité. La petite voiture s'arrête sur une place déserte, à côté de la gare et de la rivière, bien loin du supermarché. Il coupe le moteur après avoir fait deux fois le créneau en pestant. La chaleur embue les petites vitres droites de la 4L garée à côté d'une cabine téléphonique. On reste là sans parler. Tétanisée, je fixe les moustiques écrasés sur le pare-brise. Je suis tiraillée entre l'envie de l'embrasser et celle d'ouvrir la portière.

— J'ai un truc à te dire mais, d'abord, je voudrais que tu appelles ton père.

Il montre la cabine téléphonique et me tend une poignée de pièces. Soudain, je transpire fort, des coups tambourinent dans ma cage thoracique. J'essaie d'attendrir son menton décidé, je formule mentalement mille excuses qui ne sortent pas.

— Vas-y. Maintenant.

Il me pousse délicatement hors de la voiture et reste au volant.

La cabine est surchauffée. Je compose le numéro en priant pour ne pas tomber sur une femme, en espérant qu'il n'y aura personne. Une petite voix flûtée décroche, s'annonce et, devant ma requête hésitante, court chercher son papa. Quand j'entends le souffle à l'autre bout du fil, je me présente, Arielle Perrot, la fille d'Inès de Sougy.

Un long silence me donne envie de laisser le combiné se balancer dans la cabine vide, de fuir à l'opposé de cette cabine et de la 4L. Et puis mon père prononce lentement mon prénom, *Arielle*, m'évoquant un rideau noir ouvert sur le matin clair.

Ses mots m'enrobent d'une douceur surprenante. J'attends depuis tant d'années qu'ils m'apaisent. Il prononce mon prénom comme si un grand poids lui était enlevé de la poitrine. Je me liquéfie, fondue dans sa voix. Il parle, parle pour rattraper le temps perdu, pendant que je pleure sans bruit, semblable à la rivière qui coule sous le soleil de l'été. Il me dit qu'il a tellement attendu cet instant. Il s'étonne quand je lui explique où je suis actuellement. Sa maison n'est pas loin, je pourrais passer avant de repartir, il ne veut pas laisser filer cette occasion.

Je raccroche et reste un moment dans le cube de chaleur en contemplant la petite 4L qui cuit sous le soleil. Guillaume s'est accoudé sur le toit et me sourit.

Il ne commente pas mes cils collés. Je finis par lui demander pourquoi il a fait ça.

Il garde les mains sur le toit. Ses doigts nerveux pianotent. Il ne me regarde pas. Il inspire lentement.

— Je crois que je suis amoureux de toi.

Inès

Face à la mer, je contemple Diane et Baptiste faire des plongeons depuis les épaules de Pierre. Ils sont beaux, tous les trois, dans les gouttes d'eau. Je laisse couler le sable nacré entre mes doigts. L'Atlantique se dresse devant nous, bleu profond virant soudain au vert, sous les nuages. Je frissonne. J'enfile la marinière que j'ai l'habitude de placer dans le sac de plage, à côté des galettes au beurre salé pour les enfants.

Diane ne me ressemble pas. Petite brune décidée et potelée, elle mène son frère par le bout du nez. Elle jacasse, toute la journée, de sa petite voix zézayante. Je connais le moindre recoin de ses pensées, le détail de ses amours de maternelle.

Arielle est reparue pour un week-end éclair, puis s'est esquivée près d'Abbeville, ou Montreuil, je ne sais plus. Sa colonie de vacances était par là. Pourquoi elle y retourne, mystère. Elle est restée évasive. La seule fois où elle s'est ouverte un peu, c'était à la descente du train, en revenant de son stage dans les Alpes. Épuisée par Dieu sait quoi, elle est tombée dans mes bras. Des sanglots ont percé son visage si lisse d'ordinaire. Je me suis trouvée interdite à bercer cette enfant qui n'en est plus une, à paniquer tout en savourant son abandon. Qu'est-ce qui pouvait bien la mettre dans cet état ?

Ma main a caressé doucement ses cheveux, mon oreille n'a recueilli que quelques mots qui avaient réussi à passer le mur de secrets et d'orgueil qu'elle a dressé entre nous.

— J'ai revu Éric… plus jamais !

J'ai tressailli de joie. La peine de cœur de ma fille ravagée par l'abandon, la première, la plus grande, c'était un passage obligé. Qu'elle soit écœurée d'Éric était le plus important.

Elle s'est reprise, a reniflé, s'est dégagée de mon emprise pour ramasser son sac. À peine sa lessive séchée, elle s'est échappée vers sa colonie.

Le week-end qu'elle a passé avec nous en Bretagne deux semaines plus tard n'a pas eu le même goût d'accablement. Baptiste et Diane étaient aux anges de voir leur grande sœur. Arielle a construit une montagne de châteaux de sable. Elle a souri à Pierre quand il lui a loué un catamaran pour une heure. Elle a même accepté d'y emmener Baptiste, tellement fier de lui montrer son savoir-faire de matelot débutant.

Les seuls signes me prouvant qu'il s'agissait bien de mon Arielle : deux coups de fil en douce, surpris alors qu'elle était rentrée plus tôt que nous de la plage. Et, le dimanche soir, à la petite gare d'Auray elle a fini par lâcher les yeux brillants qu'elle allait voir un ami. Je n'ai pas su si c'était le fameux Mowgli.

En tout cas, j'avais retrouvé ma championne de l'esquive comme si de rien n'était, le sourire en plus.

Je me revois, masquant mes tentatives pour rejoindre François, derrière des week-ends en Belgique, sans mentionner le détour par la baie de Somme. Non loin de Montreuil, là où retourne Arielle. Se pourrait-il... ? Je chasse ces vilains nuages, je frémis dans ma marinière. François m'a promis qu'il ne chercherait jamais à prendre contact avec elle. Si elle le rencontrait, la famille que j'ai mis tant d'efforts à construire avec Pierre volerait en éclats.

Arielle

Montreuil, Montreuil. De l'autre côté du quai, Guillaume m'attend, pose nonchalante démentie par le tressautement nerveux de sa jambe. Un sourire immense déborde de mon visage et me fait trembler à son approche. Rigidifié par l'éducation militaire de ses parents, il déteste les effusions en public. Mais il m'ouvre les bras, enfouit sa bouche dans mon cou, m'inspire pendant que je le respire. La semaine est à nous, enfin, sans ses parents en voyage, sans gosses, sans personne d'autre que nous. Sans Mowgli non plus, bien que nous sachions qu'il n'est pas loin, qu'il veille et qu'il sait qu'il est exclu de notre histoire naissante.

Au creux de la petite bicoque aux colombages remplis de galets, je me sens chez moi. Guillaume joue au maître de maison. Il me cuisine une omelette et une ratatouille du jardin. Nos gestes sont électriques et retenus.

La colonie a été chaste. Après notre équipée à la cabine téléphonique, je me suis rapprochée de son lit. Je voulais coller mes lèvres aux siennes, sentir ses mains sur moi, valider la promesse que j'avais entendue de sa bouche. Il m'a repoussée tendrement. Pas ici, pas comme ça. Pas à côté de Mowgli.

Le doute a succédé à la honte et à la nuit. Pourquoi je me jetais ainsi sur les garçons ? Pourquoi je ne les laissais pas venir ?

Je l'étudie pendant qu'il retourne l'omelette dans la poêle. Il me demande : « Baveuse ? » J'acquiesce en souriant. Tranquillement, il contemple ma mastication. Il n'a pas faim. Je sens son regard glisser sur ma bouche, ma main qu'il attrape en remarquant la finesse de mes doigts.

Je prends une inspiration. C'est l'ultime moment possible pour le lui dire, pour être vraie. Une fois qu'on aura fait l'amour, ce sera trop tard, je ne pourrai plus. Je n'aurai plus le courage de prévenir sa déception. C'est une question de minutes, l'aveu empoisonne mon désir qui monte en même temps que le sien. Mon duvet se dresse à l'approche de ses doigts sur ma nuque. Je risque tout. Je lui annonce d'une voix cassée que je suis frigide. Je lui avoue qu'un garçon a presque réussi, mais que ce n'était qu'une fois. Je ne lui dis pas que c'était Mowgli.

Il va cogner contre la table, il va se murer entre ses mains. Il va marmonner qu'il n'a rien fait pour mériter ça. C'est sûr, il va changer d'avis. Il ne va plus vouloir de moi. Je finis mon omelette lentement, j'avale avec difficulté. Je me prépare mentalement à retourner à la gare dans l'heure.

Il n'a pas bougé. Il sourit en silence, la tête penchée. Se lève, prend ma main, m'emmène avec lui à l'étage. Me dit de ne pas m'inquiéter. Qu'on trouvera, ensemble, que ça prendra le temps qu'il faudra. Et il le prend, le temps. Il me demande ce que je veux comme musique. Je ne sais pas. Il lance un morceau doux et répétitif que je ne connais pas. Sa lenteur à me déshabiller, centimètre carré par centimètre carré, me met dans un état de manque, je le lui dis, et il rit. Il me supplie de me détendre, de lui faire confiance.

J'ai du mal, dans cette nouvelle maison, dans cette chambre qui est celle de ses parents. J'ai du mal, je ne veux pas penser à Éric, je ne veux pas lui en parler. Mais je suis sur mes gardes, je suis à sa merci. Je ne sais pas exactement pourquoi, mais je ne peux pas lâcher. Je ne peux pas m'abandonner. Je m'arque quand les caresses se font plus précises, plus efficaces, quand ses frottements deviennent intolérables de douceur et de force. Je ne lâche pas, je crie et je ne lâche pas, je pleure et je ne lâche pas. C'est lui qui lâche, qui me pénètre enfin, c'est lui qui lâche, qui me prend enfin comme j'en ai tellement envie, tellement besoin, c'est lui qui lâche et qui pleure avec moi, qui me mord et m'embrasse, me cajole et me rassure. On a tout notre temps, il va se renseigner, je lui montrerai comment je fais toute seule, malgré mon non de la tête et mon fou rire, il va m'apprendre sur le bout des doigts, comme les arpèges classiques de sa guitare, jusqu'à jouer comme João Gilberto.

Alors, ce n'est pas la peine que j'évoque Éric. Pour lui dire quoi, d'ailleurs ? Je cherche dans mes souvenirs. Je n'arrive pas vraiment à savoir ce que je pourrais raconter. Qu'il m'a baisée un millier de fois, que ça faisait mal et que je n'ai pas joui. Je pourrais lui donner des détails. Et puis il y a des blancs. J'ai essayé de le reconquérir, je n'ai pas réussi. Il m'a baisée par-derrière une ultime fois chez Françoise.

La fille qu'il a sodomisée dans cette chambre, alors qu'elle avait mal, qu'elle disait non et qu'elle pleurait, je ne sais pas si c'est vraiment moi.

Je reste là, blottie dans les bras de Guillaume, à imaginer la suite. Quand je vais le présenter au regard suspicieux de Maman, aux questions intrusives de Papa. Quand je vais devoir lui montrer comment je me masturbe. Je me projette l'année prochaine, moi en Normandie, lui à Paris s'il réussit le concours de médecine. Je me demande si on va continuer à voir Mowgli, et comment. J'espère que je ne recroiserai jamais Éric, car alors il faudra que je sache quoi dire à Guillaume.

Mowgli

L'été bleu ciel me confirme que je m'enracinerai ici, dans cette terre lourde, près de la mer, du sable et du vent. Dans ces petites vallées humides. Comme mon père, être fier de mon travail, voir grandir mes cultures, sentir leur caresse humide sur mes jambes le matin, les bourdonnements des abeilles entre mes doigts.

Ce dernier dimanche d'été, j'entends les graviers du chemin crisser alors que je suis aux ruches, empêtré dans ma combinaison. Je n'ai pas le temps de pester que le salut de Guillaume et d'Arielle vient faire éclater mon quotidien. Ils ne peuvent voir, sous le heaume blanc, l'énorme sourire qui déchire mes joues creuses.

Je n'ai pas vu venir l'attachement viscéral et profond d'Arielle pour mon ami, l'exact inverse d'Éric. Comment une même fille a pu aimer deux garçons si différents, ça m'échappe. Je n'ai pas compris tout de suite que Guillaume allait être son grand amour, qu'ils allaient être si fusionnels et si indépendants. Je n'ai pas cru possible de découvrir, jour après jour, à chacun de leurs passages à la ferme, une Arielle de plus en plus détendue, un Guillaume de moins en moins silencieux. Je ne me serais pas cru capable d'être pour eux ce chêne, témoin pensif de leur rayonnement, moi le rural solitaire.

Qu'est-ce qui a fait la différence entre Guillaume et moi ? Je ne le saurai pas. On est presque du même moule, lui et moi. Même si ses parents ne cultivent pas la terre, ils appartiennent à ce lieu depuis longtemps, à l'inverse d'autres familles de militaires. Est-ce que la fidélité à un terroir peut se comparer à la fidélité à une femme ? Est-ce que la douceur complice de nos pères pour nos mères a infusé en elles, en nous ? Cette éducation vieux jeu qu'on nous a donnée à tous les deux, *ne fais pas de mal à une femme même avec une rose*, cette vision dépassée du chevalier qui se sacrifie pour sa belle, est-ce que c'est ça, la récompense ?

Arielle a déposé toute sa merde à nos pieds, elle a voulu qu'on la ramasse. Quand je les vois ensemble, le regard tranquille de mon copain sur elle, j'ai le sentiment qu'elle est encore capable de tout gâcher, d'enchaîner les amants, de continuer cette succession de garçons éphémères comblant sa dépendance maladive, bravant sa rancune sauvage, son besoin de solitude, ses silences. Avant qu'ils jettent l'éponge, las d'être pris pour des sauveurs ou des objets, comme moi. Est-ce que Guillaume peut calmer ça, cette envie d'en découdre, de clamer au monde qu'elle n'est rien et qu'elle ne peut être aimée ? L'amour… elle a encore le pouvoir de le déchirer de ses mains.

Si Guillaume n'était pas là, mes pulsions deviendraient incontrôlables, je pourrais la pousser dans la rivière, me débarrasser de cette douce fée Morgane ou bien la serrer fort, sans bruit, enfouie dans ma barbe, comme j'aurais aimé le faire à la place de mon ami, quand il l'a emmenée pour qu'elle appelle son père.

Moi, je vais continuer ma vie d'ours de la campagne, qui ne voit personne le week-end sauf les autres musiciens. Moi qui ne me lave qu'un jour sur deux en semaine, parce que, à quoi bon toute cette eau gâchée si personne ne vient me renifler la nuit ? À quoi bon avoir appris à tirer des gémissements de plaisir de ma princesse, si les femmes préfèrent les séducteurs ? À quoi bon chercher une fille qui n'existe que dans mes rêves ?

Arielle

Mon père, c'est quelqu'un. Je n'arrive pas à l'appeler Papa. Il a quelque chose du gentleman-farmer, il en impose à tous, hommes et femmes, par sa taille et une voix à faire ramper les chiens sous la table.

Il avait parlé de moi à sa nouvelle femme. Rien que cette idée me donnait le désir de disparaître sous terre et de ne l'avoir jamais contacté. Elle avait considéré que cette histoire ne lui portait aucun ombrage puisqu'elle datait d'avant leur rencontre. Elle le poussait à m'inviter un week-end. Guillaume avait levé mes résistances une à une, m'avait obligée à regarder en face mon manque, la peur de blesser ma mère si elle l'apprenait, ma panique viscérale dès que je me sentais abandonnée. J'avais cédé.

J'ai pris un tortillard à la gare du Nord. Il desservait toutes les petites stations de campagne, identiques, avec leurs murs blanc sale et leurs rebords en briques, les mêmes tuiles du nord au sud de la France. Chacune était précédée de son passage à niveau rouillé, rouge et blanc, sa sirène grêle hurlant quelques instants avant le brusque coup de frein. Je me tordais le cou à chaque arrêt pour déchiffrer le nom du bled, imprimais les détails de chaque champ, de chaque bois traversé, toute notion du temps disparue, gardant longtemps à l'esprit cette jument suivie pas à pas par son poulain, comme s'ils étaient reliés par un fil invisible. Tremblante, j'étais en route vers mon Père, celui dont chaque cellule de mon corps se sentait dépossédée depuis mon enfance.

Quand je l'ai aperçu, sur le quai de la gare minuscule, j'ai immédiatement su que je connaissais ce titan à la crinière blanche. Ses yeux bleus pétillants, ses grandes mains m'ont tout de suite enveloppée comme pour me protéger de la vie. Je lui rappelais Maman, j'étais très belle, comme elle. Il a pris mon sac, m'a ouvert la portière grinçante d'un vieux Lada 4x4 avant d'y prendre place. Tout était illuminé par son immense sourire.

Je n'en revenais pas qu'il ait l'air aussi heureux de ma présence. J'étais arrivée dans un monde où le passé et les horreurs débitées par Maman n'existaient pas, où mon père conduisait en me disant qu'il avait une chance folle que je l'aie appelé, qu'il avait attendu ce moment toute sa vie.

À peine le Lada garé, sa compagne, un peu plus jeune que Maman, a descendu les marches de la maison de maître. Petit bout de femme aussi brune et mince qu'il rappelait un géant nordique, elle a ouvert largement les bras pour me souhaiter la bienvenue. Je me suis laissé choyer, bercer par ce week-end enchanté, jouant avec leurs deux enfants. Pour eux, je n'étais encore qu'une cousine éloignée perdue de vue. Je profitais pourtant de chaque instant avec leur père, qui était aussi le mien, marchais des heures avec lui, allais nourrir les moutons dans le pré, répondais à ses milliards de questions, me repaissais de ses coups d'œil solaires, l'écoutais patiemment me parler de ma mère. À un moment, il m'a demandé si l'on pouvait tomber amoureux de sa fille. Pourtant, je n'avais jamais vu d'homme aussi épris de sa femme. Malgré leurs vingt-cinq ans d'écart, elle le menait avec assurance et humour, sans jamais afficher sa supériorité. Maman n'aurait jamais fait le poids. Entre soumission et colère, elle se serait fait dévorer.

Lors d'une promenade en forêt à bord de son Lada, il est devenu grave. S'est confié sur la passion que Maman lui a inspirée. Comment pouvait-elle l'avoir accusé de viol ?

Je l'ai regardé sans rien dire, une boule dans la gorge. Le 4x4 s'est arrêté pour laisser passer une harde d'une vingtaine de biches. Un grand cerf fermait la marche et, lentement, nous a fixés sans peur, puis est reparti derrière ses femelles. Mon père a redémarré, et on n'a plus évoqué Maman.

À la fin du week-end, je lui ai avoué l'existence de Guillaume. Une ombre est passée dans le regard soudain gris de mon père. Un seul week-end et, déjà, je lui échappais. Mon sourire s'est crispé quand les questions sont venues.

Oui, nous étions ensemble depuis plusieurs mois. Oui, c'était sérieux. Comme si Guillaume avait été un rival qu'il devait attaquer de biais, sans que je le remarque, pour ne pas risquer de me perdre.

Ainsi que tous les hommes devant lui, Guillaume a fait allégeance. Mon père arrive toujours à ses fins. Impossible de lui refuser une invitation ou un service, même quand cela ne nous arrange pas. Ça fait râler Guillaume qui l'admire et le redoute. Mon père aime raconter des histoires devant un large public, famille, amis, tous boivent ses paroles tonitruantes, mais osent parfois signifier malicieusement que l'histoire a déjà été entendue. Il singe la colère, qui n'est pas toujours feinte. Ses filles l'adulent, et ses fils se tiennent à bonne distance. Il en est de même des enfants qu'il a eus avec sa seconde femme. La petite vit sur les genoux de son papa gâteau, tandis que son jeune fils se rend introuvable pour échapper aux corvées.

Il a fallu annoncer à Maman que j'avais rencontré mon père. Guillaume n'en pouvait plus des faux-semblants, des mensonges, des circonlocutions aux repas chez mes parents. Alors un jour, j'ai lancé à la figure de Maman que j'avais retrouvé François, que je le voyais régulièrement. Elle a posé son couteau de cuisine et laissé là ses légumes, s'est assise, ravagée. Elle a simplement murmuré :

— Ça devait bien arriver un jour. J'espère que si tu tombais sur un homme comme lui, tu te rendrais compte.

VII

Heavy Cross

Inès

Je suis toute à la joie de découvrir ma première petite-fille, née avec le nouveau millénaire. Cela faisait quelques jours que je n'avais plus de nouvelles d'Arielle. Nos derniers échanges ont été conflictuels.

Le coup de fil tant attendu est arrivé. La voix étranglée de Guillaume m'a annoncé la naissance du bébé quinze jours avant le terme. Qu'Arielle ne m'ait pas appelée pour me l'apprendre elle-même me blesse, mais ne m'étonne pas. Nous ferons la paix à la clinique, autour de notre nouvelle raison de vivre et d'espérer.

J'entre dans la chambre sur la pointe des pieds. Arielle, cernée et rayonnante, garde la petite dans ses bras, plongée dans une adoration muette. Son regard ne contient aucun reproche, aucune réserve quand elle me la confie. J'ai envie de la remercier pour ce geste, cette confiance qui aurait paru normale dans n'importe quelle famille et qui m'apparaît là comme un privilège.

Je détaille les traits de cette poupée, ses paupières fines, presque translucides, ses cils microscopiques et parfaits, ses sourcils arqués. Remuant doucement, elle s'éveille, sans encore ouvrir les yeux, semble se débattre dans un infime cauchemar, esquisse une grimace. Sa bouche prend un pli amer.

Et soudain, la forme de son nez, le bourrelet de ses lèvres me renvoient trente ans en arrière, lorsqu'on m'a apporté Arielle quelques instants avant de me l'enlever, me plongeant dans une stupeur désespérée. Cette ressemblance, deux bébés identiques, avec cette bouche charnue au dessin caractéristique. Au-delà du faciès de nouveau-né, le nez et les lèvres de ce salaud de François, en pleine face, dans mes bras.

Un bébé qui arrive, c'est un espoir, un rayon de soleil. Les mots de la mère supérieure du couvent me reviennent par bouffées dans la figure.

Ce sont les mêmes mots, aujourd'hui, que j'entends dans la bouche de François. Comment a-t-il eu le numéro de la maison, l'outrecuidance de le composer au risque de tomber sur Pierre, je l'ignore. Arielle le lui a-t-elle communiqué ? Il parle d'un cadeau du ciel. De la joie d'accueillir cette naissance, cette petite-fille. Il voudrait qu'on oublie le passé. Qu'on fasse la paix, qu'Arielle puisse le voir sans me mentir, sans se mentir.

Je l'écoute en silence débiter ses salades. Je le revois, immense, arpentant nerveusement la petite garçonnière tandis que j'étais pelotonnée dans le grand fauteuil qui en occupait le tiers. Je l'entends encore me proposer de filer à Londres chez un « très bon ami », pour me faire avorter, loin des Beaux-Arts, loin de Versailles, sans lui à mes côtés, seule. « On peut tout régler avec un peu d'argent, ce n'est pas un problème. »

Alors il faudrait tout oublier, tout effacer, comme ça, le laisser revenir gâcher ma vie au moment le plus heureux, accepter qu'il soit sur un pied d'égalité avec moi, quand j'ai tout assumé, tout supporté ?

Un bébé qui arrive, c'est toujours un espoir. Un espoir fou, celui de passer enfin à autre chose, celui d'oublier ce que tu m'as fait. Oui, Agathe te ressemble, comme Arielle te ressemble. Toutes ces années à me taire à chaque fois qu'un ami de la famille faisait une remarque à propos de sa blondeur incroyable, de sa haute taille, au milieu des cousins plus petits et plus bruns. Les fous rires quand une connaissance avait évoqué une hypothétique ressemblance avec Pierre. Le chemin de croix pour qu'elle l'accepte comme père et qu'elle ne lui en veuille plus de me voler à elle. Alors tout cela il faudrait l'oublier, rendre les armes, juste pour que tu aies la conscience tranquille, juste pour que tu puisses les voir sans culpabiliser ? Mais, François, tu crois que je pourrai oublier ce que tu m'as fait ? Tu crois que je te pardonnerai un jour ?

Ces phrases, j'aimerais les prononcer, mais elles ne sortent pas. Face à ses beaux discours de réconciliation et de paix, il n'obtient que mon silence. *Une naissance, c'est un rayon de soleil.* Oui, pour lui, c'est sûr, il a vu débarquer une jeune Arielle dans sa vie, le patriarche est heureux d'avoir une fille de plus dont il puisse être fier, l'enfant dont il a voulu que j'avorte.

Mon silence le gêne. Il ralentit, se tait. On n'entend plus que le faible grésillement de la ligne. Et viennent les mots tardifs, les excuses dont je ne veux plus. Sa voix grave baisse encore d'un ton.

Il m'a fait trop de mal. Il ne voulait pas. Je n'ai pas dit non, il pensait que j'étais d'accord. Il a compris seulement après que c'était trop tôt, qu'il était trop brusque, que je n'osais pas dire non parce qu'il m'impressionnait. Il m'aimait.

Je raccroche. C'est trop pour moi. C'est trop facile.

Arielle

Comme tous les soirs, au volant de ma voiture, je quitte l'entrelacs souterrain qui enserre La Défense pour déboucher à l'air libre, sur les quais de Seine, vers notre appartement boulonnais.

Comme tous les soirs de cet automne 2010, c'est une parenthèse ouatée, bercée par les voix sensuelles de FIP. Encore étudiants, Guillaume et moi passions de longues soirées au téléphone, moi refusant de raccrocher malgré l'affaiblissement de ma voix, le combiné posé sur l'oreiller, lui m'appelait sa « fipette », à l'approche de minuit.

Je laisse mes pensées vagabonder au gré des musiques indolentes et nostalgiques, soigneusement agencées pour déstresser le cadre parisien dans les embouteillages. Un vieux morceau de Yann Tiersen envahit l'habitacle, ritournelle triste de clavecin, violon et voix cristalline. Il me projette avant la naissance des filles, quand on habitait encore le petit appartement de Guillaume au centre de

Paris, presque sous les toits. Le balcon donnait sur un terrain vague entre trois immeubles, espace de jeu pour les hirondelles qui se hélaient et se poursuivaient sans fin en décrivant de larges courbes. Guillaume et moi, accoudés à la rambarde, tirant sur nos cigarettes, jouissions de la douceur du crépuscule rosé.

Pendant que je roule au pas dans le soir qui tombe, la petite musique de Tiersen me renvoie plus précisément à un film de 1998 ou 1999 que j'avais oublié. Mowgli était « descendu à la capitale », comme il disait d'une voix volontairement bourrue pour se moquer de notre embourgeoisement, et j'avais traîné mes deux ours au cinéma. Le film n'avait plu ni à l'un ni à l'autre. Guillaume n'en pouvait plus du cinéma français qui se regardait le nombril et se complaisait, d'après lui, dans un entre-soi pathétique. Mowgli, comme à chaque évocation ou scène sexuelle en notre présence, avait toussé et s'était confiné dans un silence d'adolescent gêné.

Le seul instant où je les avais sentis à l'unisson restait celui où je m'étais enfoncée dans mon siège, entre leurs deux épaules, glacée par une scène où un acteur, qui pouvait être Grégoire Colin, faisait l'amour à sa partenaire tandis qu'elle susurrait de plus en plus faiblement « non… », pour finalement se résigner et se taire.

Aussi tétanisée que devant *Shining*, j'avais senti une transpiration gelée me submerger, comme une chape qui m'empêchait de penser, mais pas de voir ni d'entendre.

J'avais perçu, à ma gauche, la tension de Mowgli et, à ma droite, la crispation de Guillaume.

En sortant de la salle, alors que je restais silencieuse, Guillaume s'était emporté contre le film, trop mièvre à son goût, à l'exception de cette scène, qui avait déclenché sa rage.

— Vraiment, on est à la fin du XXe siècle ! Comment un homme peut encore croire qu'une fille veut de lui quand elle ose à peine dire non ?

Mowgli n'avait rien ajouté, s'était contenté de secouer la tête, pensif. Au fond de moi était montée une gratitude muette.

Quand on était rentrés à l'appartement, après avoir installé Mowgli sur l'étroit canapé de la pièce qu'on appelait pompeusement « le salon », j'étais restée blottie, immobile et transie, dans les bras de Guillaume, les yeux grands ouverts. J'aurais eu besoin de lui dire qu'il était le premier, le seul homme qui comprenait cela, quoi exactement, je ne pouvais pas l'exprimer. Et je savais que Mowgli le comprenait aussi. Mais Guillaume avait le pouvoir de me guérir.

Nous nous étions mariés quelques mois auparavant, sous le regard de Mowgli, pour le meilleur et pour le pire. Le pire, je lui riais au visage. Mes deux chevaliers veillaient sur moi. Et moi, je ne savais qu'accepter leur dévotion sans être capable de leur dire à quel point elle m'était nécessaire, pour ne pas sombrer, pour ne pas devenir folle, abandonnée.

Comment la vie avait-elle pu passer aussi vite ? Comment le temps avait-il pu se resserrer autant à partir de la naissance des filles, le tourbillon du cabinet médical et des gardes pour Guillaume, celui des déplacements en province pour moi ? Comment cela avait-il été possible de si peu se parler tandis que les années défilaient comme les voitures sur le périphérique, d'en rester là, d'aller de moins en moins souvent visiter Mowgli ? Comment se faisait-il que j'aie pu enfouir ces sensations au fond de moi, que je n'aie plus pensé à tout cela depuis des années ?

La nuit tombe vite en novembre. Petit à petit, la procession de voitures se rapproche du pont de Saint-Cloud, la musique de Tiersen s'estompe pour laisser place au jingle velouté de FIP annonçant un flash d'actualités. La voix calme du présentateur annonce que la Suisse refuse finalement d'extrader Polanski aux États-Unis, puis, sans changer de ton, passe à la polémique sur la vaccination contre le virus H1N1, qui a occupé nos dernières conversations avec Guillaume. Notre désaccord sur la nécessité de vacciner nos filles m'effleure et s'échappe doucement de ma pensée, poison subtil et déjà dilué dans notre quotidien.

Je coupe le son.

Les paroles du speaker, son unique phrase, sa simple locution, sujet-verbe-complément, retentissent en moi. Sujet : la Suisse, la Confédération helvétique, une entité sans visage, un regroupement de placides et robustes moustachus en salopettes de cuir, chemises à carreaux et feutres verts ; verbe : a décidé ; complément : de ne pas livrer le réalisateur à la justice californienne. Personnifiée par un vieux juge probablement avide de réélection dans un État où « il ne fait pas bon vivre » selon le ministre français des Affaires étrangères au brushing impeccable. Un État où pourtant l'on peut payer la victime pour qu'elle abandonne toutes les poursuites, même si elle a treize ans au moment des faits.

La phrase se fraie un chemin, comme une ritournelle entêtante de Tiersen, se mélange avec les apparitions récentes, les interviews du cinéaste, que j'avale, que je dévore depuis deux mois, depuis son arrestation à Zurich, depuis que j'ai découvert cette affaire vieille de trente ans, qui aurait été prescrite si Polanski était resté se faire juger comme n'importe quel violeur.

Guillaume, perplexe devant mon obsession, a choisi de ne plus en parler, tant le moindre rebondissement, la moindre déclaration de Costa-Gavras ou de Mitterrand me met hors de moi.

L'unique phrase du présentateur, qui résonne encore dans l'habitacle malgré la radio éteinte, malgré le feu passé au vert, les klaxons qui montent derrière moi, la nuit tombante, ce seul et unique enchaînement de mots ouvre un gouffre sous ma voiture, m'oblige à la garer pour échapper à la furie des automobilistes.

Dans une interview, il déclarait qu'il aimait juste les jeunes filles. Il les aimait beaucoup. Les mêmes paroles qu'Éric, mot pour mot. Éric qui se disait impossible à satisfaire, aimant les filles jeunes. *Serrées.*

Pendant que la nuit se fait plus noire, les phares des voitures plus agressifs, des flashs me reviennent, de la chambre d'amis, chez Françoise. La texture du mur. La respiration d'Éric. Ma voix, articulant faiblement les « non » que j'ai pleurés en vain. Les « non » qui ne l'ont pas arrêté. C'est là, pour la première fois devant moi. Je ne l'avais pas vu. Je ne l'ai jamais vu comme tel.

Alors, c'est ça, un viol. Cette chose, qui s'est déroulée devant mes yeux clos, cette chose, qui a hurlé du silence dans mes oreilles sourdes toutes ces années, ça se nomme *un viol.* Éric m'a violée.

Je rentre tard. Guillaume a été appelé par la nourrice pour venir chercher nos filles. Je n'ai pas vu la dizaine de coups de téléphone sur mon portable.

Fermée, glacée, je tire la porte derrière moi. L'appartement est silencieux. Il a déjà couché les filles.

Je ne peux pas lui parler. Je passe devant lui. Je me rends directement à la salle de bains, sans aller déposer de baiser sur les joues duveteuses de mes petites, pour ne pas les réveiller avec mes cils mouillés, leur faire peur avec la tête de folle que je découvre dans le miroir.

Je m'abrutis sous la douche brûlante, que je laisse couler, longtemps, jusqu'à ce qu'elle soit froide. Jusqu'à ce que Guillaume vienne, coupe l'eau, me sèche comme un bébé, me dépose dans le lit, s'allonge à mes côtés. Et veille, comme moi, la nuit entière, son bras contre mon épaule frigorifiée. Sans bouger. Sans parler.

Les faits sont là, inamovibles. Irréfutables.

Un voile gris jeté sur de multiples souvenirs se retire, chape de brouillard qui s'évapore au-dessus d'un paysage métamorphosé. La lumière froide du matin d'hiver fait ressortir des détails invisibles jusqu'alors.

Cet automatisme sourd qui m'avait fait accepter, à plusieurs reprises, de revoir Éric à l'occasion d'un barbecue d'anciens élèves, d'un mariage, d'un dîner. À chaque fois, sa comédie attendrie, la conversation engagée sur un mode badin. Sa bise claquant sur mes joues, sa femme à son bras, son apparent plaisir de me retrouver comme une vieille colocataire sympa. Ses bonnes bouteilles, ses blagues sorties de *L'Écho des savanes*. Son sourire de tigre à dents de sabre. Je me faisais l'effet d'être là par erreur, dans l'incapacité d'ouvrir la bouche, de participer. Je finissais par m'éclipser, les tempes battantes, sans rien avoir d'autre en tête qu'un vide sidérant. Je mettais longtemps à retrouver mon chemin, incapable de reconnaître les rues et mes sentiments.

Je n'avais pas de réponses à offrir aux interrogations muettes de Guillaume, le ventre serré, les oreilles bourdonnant de celles que je n'avais pas su formuler aux questions d'Éric. Non pas que je manque de mots à mettre sur mes pensées d'alors. C'étaient mes pensées mêmes qui m'étaient inaccessibles. Je n'arrivais pas à réfléchir en présence d'Éric, ou sous la coupe de sa présence, plusieurs jours, plusieurs mois, plusieurs années après. Une partie de mon cerveau, de mon corps, m'était inatteignable. Sur cela, j'arrivais petit à petit à poser des mots, très en dessous de ce qui se dévoilait maintenant à moi.

Je ne savais pas quoi dire à Guillaume. Rien ne me venait à l'esprit qu'une rupture vaguement douloureuse. Juste une colère inarticulée qui l'englobait parfois lorsqu'il souriait à l'évocation de l'Arielle d'avant, celle qui avait appartenu à Éric. Il me faisait alors l'effet d'un traître.

Tout se révèle, tout prend enfin un sens. Ces années à me cacher l'évidence. L'engourdissement qui me saisit quand un film ou un livre me rend témoin d'un abus sexuel, d'un viol. Mon incapacité à partager cette honte diffuse avec Guillaume. L'incapacité de mon mari à deviner mes silences, mes réticences. Son obstination à essayer de donner du plaisir à un corps qui ne se laisse pas faire, à un être qui ne veut pas s'abandonner, faire confiance. Sa lassitude, aussi.

J'ai eu besoin de quelques semaines pour ouvrir complètement les yeux sur mon histoire, plus de vingt ans après. Pour regarder en face l'absence de questionnement d'Éric, sa tranquille assurance à me considérer comme sa chose, disponible à tout moment, cette évidence pour lui, ce silence pour moi, depuis les premiers instants de notre relation.

Guillaume se tient là, à côté de moi, ne sent pas tout, ne comprend pas bien. Il fait ce qu'il peut pour panser ma souffrance. Il se fatiguera peut-être un jour. Il me voit m'effriter sans volonté. Il m'entend crier sur nos filles pour des broutilles. Il s'interpose, en colère lui aussi. Ce ne sont que des enfants.

Un matin, je lui raconte. Des bribes. Il y a trop à dire, soudain. Ça déborde. Alors je lui expose l'essentiel. La femme qu'il a espérée comme sa compagne, à qui il a promis sa vie, a été transpercée, niée. Elle ne s'en remettra pas, pas comme ça, pas d'un coup, juste le temps d'en parler, de mettre des mots dessus, et ce serait réglé.

Elle aura encore des coups de blues, elle se mettra encore en colère. Oui, ce sera usant mais, au moins, elle sera vivante. Elle saura ce qu'elle veut. Il aura une femme debout, fière et forte. Peut-être même capable de toiser Éric si elle le revoit. De le contraindre à reconnaître les faits. De l'obliger à demander pardon.

Les faits.

Prescrits.

Il aurait fallu que je reçoive ce choc à trente-sept ans, pas à quarante-deux.

Le surmonter pour aller porter plainte dans l'heure, pouvoir me souvenir de la date exacte, de chaque détail oublié, comme enfermé sous ce rideau qui n'a pas fini de se lever, de se déchirer en charpie, par tout petits morceaux, progressivement, pas totalement. Supporter une confrontation, un procès « parole contre parole » qui n'aurait pu se conclure qu'en ma défaveur, pensez donc, une victime qui ne se souvient de rien…

Prendre conscience qu'il n'y a plus aucun espoir de reconnaissance, de réparation, c'est un deuxième choc. Il me faut encore plusieurs semaines pour rassembler mes pensées et aller consulter Wikipédia, le portail du ministère de la Justice, les blogs d'avocats spécialistes de la question. Je compare les dates, je comprends que la loi n'est pas rétroactive et que le viol est en fait prescrit depuis mes vingt-sept ans. Quand je l'intègre, j'ai envie de me jeter du pont de Sèvres.

Je reste longtemps face à l'île Seguin, ce grand vaisseau en ruine qui me regarde de son œil mort entre les deux vomissures d'eau marron. Je rentre à l'appartement en pensant à mes filles.

Postface

Il me faudra dix ans de plus. Dix ans de colère à la lecture de l'affaire DSK, des rebondissements de l'affaire Polanski, des affaires Weinstein, Epstein, Georges Tron, Matzneff, après vingt-cinq ans d'enfouissement de ce que mon compagnon appelle maintenant « mon viol », dix ans de paroles mesurées devant mes filles qui grandissent, qui me reprochent de trop leur parler de préservatifs et de consentement, qui me mettent le cœur à l'envers lorsqu'elles rentrent après minuit ou qu'elles avouent ne pas bien savoir à côté de qui elles ont dormi après une soirée arrosée. Dix ans à ne pas arriver à en parler à ma mère. Dix ans à ne pas oser lui poser la question : « Maman, est-ce que tu as été violée, toi aussi ? » Cinq ans à éluder le sujet avec mon père, jusqu'à lui mentir sur son lit de mort pour qu'il parte en paix.

Dix ans, enfin, pour décider que la seule réparation qui soit possible ne sera ni une plainte classée sans suite ni un hashtag, mais ce livre, impossible à écrire, qu'il leur sera impossible de lire. Comme un cri venu du fond de mon ventre. Malgré les morceaux de voile qui ne veulent pas se retirer complètement de certains souvenirs, malgré des flashs qui me sauteront à la figure sans prévenir, me laissant essoufflée, exsangue, les samedis et dimanches matin, lorsque j'écrirai un à un les chapitres de cette fiction. Lorsque, un à un, les détails oubliés dévoileront progressivement, comme dans un bain révélateur fatigué, l'étendue de l'emprise et de la soumission, la presque normalité de la situation pour les témoins, la confusion entre passivité et consentement, entre pouvoir et séduction, au-delà du viol final, comme le point d'orgue d'une hubris qui s'était imposée comme système dès le départ.

Puisque les faits réels sont prescrits, alors ce sera une fiction. Basée sur des faits inamovibles. Irréfutables. Inaliénables. Peut-être, alors, plus de trente-cinq ans après, vais-je pouvoir en parler à voix haute et sans baisser les yeux.

Agnès de Clairville,
Marseille, le 18 février 2022

Merci à Jean-Paul Garagnon, pour m'avoir accompagnée tout au long de ce projet.

À Cécile Dumoulin, Marie-Hélène Vial, Noémie Ornato, Lilian Saint-Gaudin, Laurence d'Escrivan et Marie Desmeures, pour leur lecture critique et constructive.

À mon entourage, qui m'a soutenue avec sollicitude durant cette écriture chaotique.

À Marie-Pierre Gracedieu et Adrien Servières, qui ont eu la gentillesse de transmettre ce premier texte.

À Marie Eugène, qui m'a fait confiance et m'a aidée à en faire un livre avec humour et patience.

Crédits

Girls Just Want to Have Fun interprétée par Cyndi Lauper, écrite par Robert Hazard, 1983, Sonic Music Publishing.

New Year's Day interprétée par U2, écrite par The Edge, Bono, Adam Clayton et Lawrence Mullen 1983, Universal Music Publishing.

Just Can't Get Enough interprétée par Depeche Mode, écrite par Vince Clarke, 1981, Sony Music Publishing.

Sweet Dreams (Are Made of This) interprétée et écrite par Eurythmics (Annie Lennox et David A. Stewart), 1983, Universal Music Publishing.

Roxanne interprétée par The Police, écrite par Sting, 1978, Universal MCA Music Publishing.

Love on the Beat interprétée et écrite par Serge Gainsbourg, 1984, Melody Nelson Publishing.

Je t'aime... moi non plus interprétée et écrite par Serge Gainsbourg, 1969, Melody Nelson Publishing.

Every Breath You Take interprétée par The Police, écrite par Sting, 1983, Universal MCA Music Publishing.

Quatuor n° 14 en ré *mineur D 810* dit « La Jeune Fille et la Mort », composé par Franz Schubert, 1824.

Child in Time interprétée et écrite par Deep Purple, 1970, Henrees Music Co.

Angie interprétée par The Rolling Stones, écrite par Mick Jagger et Keith Richards, 1973, Tro the Richmond Organization Editions Essex.

Salut à toi interprétée par Bérurier Noir, écrite par François Guillemot et Laurent Katrakazos, 1985.

Still Loving You interprétée par Scorpions, écrite par Rudolf Schenker et Klaus Meine, 1984, Universal Music Publishing.

Femme libérée interprétée par Cookie Dingler, écrite par Joëlle Bahl et Christian Dingler, 1984, EMHA/New Publishing Savour.

DANS LA MÊME COLLECTION

Marie Aline, *Les Bouffeurs anonymes*

Louise Browaeys, *La Dislocation*

Louise Browaeys, *Fais battre ton tambour*

Gringe, *Ensemble, on aboie en silence*

Émilie Guillaumin, *L'Embuscade*

Carine Hazan, *jean-jacques*

Aurélie Jeannin, *Préférer l'hiver*

Aurélie Jeannin, *Les Bordes*

Anne de Kinkelin, *12 bis, avenue du Maréchal-Joffre*

Anne de Kinkelin, *La Sourde Oreille*

Nicolas Laquerrière, *Nueve Cuatro*

Nicolas Maleski, *La Science de l'esquive*

Nicolas Maleski, *La Force décuplée des perdants*

Sophie Pointurier, *La Femme périphérique*

Sophie Reungeot, *Le Bruit des avions*

Matthieu Seel, *Rien ne dure vraiment longtemps*

Composé et édité par HarperCollins France.

Achevé d'imprimer en juillet 2022.

FIRMIN-DIDOT

à Mesnil-sur-l'Estrée (Eure).

Dépôt légal : août 2022.

Pour limiter l'empreinte environnementale de ses livres, HarperCollins France s'engage à n'utiliser que du papier fabriqué à partir de bois provenant de forêts gérées durablement et de manière responsable.

Imprimé en France